Wieland Freund

Falsches Spiel in Silver City

Wieland Freund

Falsches Spiel in Silver City

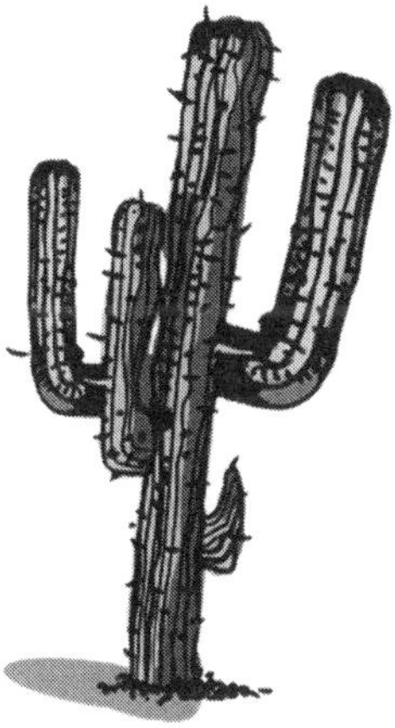

BELTZ
& Gelberg

Wieland Freund, geboren 1969 bei Paderborn, ist Autor, Kritiker und Journalist. Für seine Kinderbücher wurde er bereits mit dem Bayerischen Kunstförderpreis ausgezeichnet. Bei Beltz & Gelberg erschienen von ihm bereits der Jugendroman *Die unwahrscheinliche Reise des Jonas Nichts* und die Kinderbücher *Törtel, die Schildkröte aus dem McGrün* und *Törtel und der Wolf*. Der Autor lebt mit seiner Familie in Berlin.

Der schwarze Karfunkel:
Tulpenfieber
Der Geist von Zweiseelen

www.beltz.de

Deutsche Originalausgabe
Lektorat: Frank Griesheimer
Neue Rechtschreibung
Umschlaggestaltung / Artwork: Hanna Hörl Designbüro, München
Satz und Bindung: Druckhaus »Thomas Müntzer«, Bad Langensalza
Druck: Beltz Druckpartner, Hemsbach
Printed in Germany
ISBN 978-3-407-79985-2
1 2 3 4 5 15 14 13 12 11

August 1861

»Schinken und Eier und Landschaft,
eine Bergabstrecke, eine dahinpreschende
Kutsche … und ein zufriedenes Herz –
das ist das wahre Glück.
Darum haben alle Zeitalter gerungen.«

Mark Twain, *Durch Dick und Dünn*

1. Kapitel

»Raus, Junge! Du musst hier raus!«

Dave lag auf einem kratzenden Postsack.

»He! Du da drinnen!«

Die Sorge war immer ganz schnell wach. Noch bevor er die Augen aufmachte, tastete Dave nach der Geldkatze unter dem Hemd.

Sie war weg!

Er fuhr hoch. Er hätte nicht einschlafen dürfen!

Sie war doch nicht weg.

Dave spürte den Schlauch aus Baumwolle unter seinen Fingern. Die schweren Münzen auf seinem Bauch. Die knisternden Scheine. 332 Dollar.

Er lehnte sich zurück und holte tief Luft.

Trau keinem, hatte Bob gesagt. *Schau jedem unter die Haut!*

Die Kutsche stand. Er hätte nicht einschlafen dürfen.

»Wird's bald?« Der Schirrmeister verlor die Geduld. Dave hörte ihn vom Bock springen. Ein dumpfes Geräusch. Wie ein Sack Mehl, der von einer Schulter rutscht.

Waren sie da? Wie lange hatte er geschlafen? Die Vorhänge vor den Kutschenfenstern waren zugezogen und fest verhakt. Doch draußen war es heller Tag. Grelles Licht in allen Ritzen.

Der Schirrmeister riss die Tür auf. »Eingepennt oder was?«, knurrte er.

Dave musste blinzeln. Sonnenlicht wie aus Eimern. Die massige Gestalt des Schirrmeisters davor ganz schwarz. »Komm, raus da! Wir müssen die Säcke ausladen.«

Daves erster Versuch zu sprechen ging daneben. Die Zunge klebte ihm am Gaumen. In seinem Hals brannte es.

»Sind wir … da?«, brachte er schließlich heraus.

»Da? Da? Na, irgendwo werden wir schon sein!« Der Schirrmeister packte den ersten Postsack. »Hör mal, Junge«, knurrte er. »Wir haben ein Problem mit der Kutsche. Der Schenkelstrang ist ausgeleiert. Wir kehren um, bevor er bricht. Du wartest hier einfach auf die nächste Kutsche. Ist bloß ein paar Stunden hinter uns. Alles klar?«

Dave nickte schwach. Er griff nach seinem Bündel. Seine Augen juckten.

Der Schirrmeister schnappte sich die letzten beiden Säcke. Hunderte Briefe raschelten darin. Nachrichten von zu Hause, auf dem Weg in die Fremde.

Dave stolperte dem Schirrmeister hinterher. Auf einmal stand er draußen. Der Wind war so heiß wie Fieberatem. Ein karger, abweisender, mächtiger Hügel war vom Büschelgras wie mit Pocken übersät. Darüber der Himmel, beinahe gelb. Die Hitze flirrte. Staub ringsum. Wie eine Fahne wehte er über dem Land.

Dave blinzelte zur Postkutschenstation hinüber – bloß zwei in der Sonne dorrende Hütten.

»Ist das Nevada?«, fragte er.

»Gottverdammt ja«, brummte der Schirrmeister. »Aber du

hast es ja so gewollt.« In jeder Hand zwei Säcke, strebte er auf die Hütten zu. »Sieh zu, dass sie die Säcke mitnehmen«, sagte er, scheinbar zu niemand Bestimmtem. »Dich und die Säcke. Hörst du?«

Dave hörte, wie sich der Kutscher an einem der Kutschkästen zu schaffen machte. Noch mehr Postsachen. Der Kutscher lud sie aus. Er hatte die ganze Fahrt über geschwiegen. Lippen hatte er wohl nur, um draufzubeißen.

Allein der Schirrmeister sprach. »Wo steckt denn der Kerl?«, knurrte er, als sie alles vor die kleinere der beiden Hütten gebracht hatten: die Postsäcke, die Postkisten und Dave. Der Schirrmeister sah sich um. Kein Stationsvorsteher zu entdecken. »Na, egal.« Er wandte sich Dave zu. »Sagst du ihm halt, dass es der Schenkelstrang war. Ausgeleiert wie sonst was. Und lass dir was zu essen geben. Da kannst du dich waschen.« Er wies auf eine Waschschüssel aus Blech, die gleich vor der Hütte stand. Daneben ein Eimer. Ein sandiges Stück Kernseife im Dreck.

Der Kutscher war schon wieder weg. Dave sah ihn auf den Bock klettern, auf seinem Hintern ein großer Flicken aus Leder.

»Na dann. Willkommen in Nevada«, brummte der Schirrmeister und auf einmal war Dave allein.

Er hörte die Peitsche knallen, hörte das heisere »Hüaa!« des Kutschers und sah die Kutsche in einem weiten Bogen wenden.

Er schaute ihr nach, bis sich der Staub, den sie aufwirbelte, legte. Nirgends ein Baum, der Schatten spendete. Auf einer Hügelkuppe, nur für einen Augenblick, die schleichende Gestalt eines ausgezehrten Kojoten.

Die Hütte sah gar nichts so anders aus als ihre Hütte zu Hause in den Great Plains. Lehmfarbene Ziegel, darüber ein Dach aus Stroh und einer dicken Schicht Erde, von dürrem Unkraut überwuchert. Nicht viel mehr als ein Erdloch über Tage – die Dachrinne so tief, dass ein erwachsener Mann seinen Ellbogen auf ihr abstützen konnte.

Es war bloß ein Traum mit offenen Augen, aber für einen Moment war Dave zu Hause. Es war leicht, sich vorzustellen, wie Bob drinnen auf dem Bett läge, die gebrochene Schulter von allen Kissen gestützt, die sie hatten. Amy würde am Herd stehen, immer noch erst zehn Jahre alt, aber groß genug, um für zwölf durchzugehen, und so furchtlos wie eine Mutter.

»Hallo, Dave«, würde Amy sagen, als käme er bloß von der Feldarbeit zurück.

»Hallo, Großer«, würde Bob sagen – und bestimmt ging es ihm schon besser. Wenn die verdammte Kuh Bob nicht umgerannt hätte, dachte Dave, dann wäre er jetzt nicht hier.

Aber ohne die Kuh, dachte er, wären sie auf den Plains verhungert.

Er hatte nicht einen Schritt getan, seit die Kutsche verschwunden war. Er stand zwischen den Postsäcken, blinzelte zu dem kahlen Hügel hinauf, unter den sich die beiden Stationsgebäude duckten, und überlegte, wann es angefangen hatte, schiefzulaufen.

Ohne den Hunger, ohne die verdammte Plackerei auf dem Feld hätte Stick nie vom Silber zu reden begonnen, dachte er. Stick war zwanzig, ein Jahr jünger als Bob, und irgendwann hatte er den Gedanken, dass es immer so weitergehen sollte, einfach nicht mehr ausgehalten. Stick hatte zu träumen angefangen: »Mann, Bob, Nevada! Ganz Nevada ist aus Silber!«

Viele Männer in den Plains redeten vom Silber, und manchmal machte auch eine Zeitung die Runde: *Gold in Kalifornien! Silber in Nevada!*, brüllten die Überschriften. Aber keiner der Männer klang wie Stick, wenn er darüber sprach, keiner hatte das Fieber in der Stimme. »Ich find was, Bob«, hatte Stick immer wieder gesagt. »Und dann sind wir alle Sorgen los.«

Sie hätten sich nie trennen dürfen, dachte Dave. Alles hatte damit angefangen, dass Stick fortgegangen war. Wenn Stick nicht Stein und Bein geschworen hätte, dass er Silber finden würde, wäre Dave nicht hier.

Bob hätte Stick nicht gehen lassen dürfen, dachte er. Aber Bob war schwach geworden, schwach vor Hoffnung. Dave würde den Abend nie vergessen, als Bob schließlich Ja gesagt hatte. Über den Plains ging die Sonne unter und sie hatten vor der Hütte gesessen. Der Himmel war brandrot gewesen, und der einzige Baum weit und breit – der, unter dem sie Mutter und Vater beerdigt hatten – schien in Flammen zu stehen. Die Großen – Bob und Stick – hatten beieinandergesessen, die Unterarme hatten sie auf die Knie gestützt, die von der Feldarbeit großen, harten Hände ließen sie baumeln. Dave und Amy, die Kleinen, hatten ein wenig abseits gehockt. Alle vier Kellens beieinander – so wie es sein sollte. Wenn Ma und Pa sich nicht mit den Masern angesteckt hätten, dachte Dave, wäre er nicht hier.

Damals waren gleich zwölf Siedler an den Masern gestorben, innerhalb weniger Wochen. »Wie die Fliegen«, hatte Stick gesagt.

Von dem Geld hatte nicht mal Bob etwas gewusst. Über dem Grab ihrer Eltern wuchs schon Gras, als sie es schließlich fanden. 332 Dollar in einem Strumpf in einem Krug unter dem Bett.

Eigentlich war das schon fast die ganze Geschichte. Dave

knüpfte sein Bündel auf, holte die Wasserflasche hervor und trank einen Schluck.

Stick war nach Nevada aufgebrochen. Bob war unter die verrückte Kuh geraten, und als Sticks Brief kam, konnte er sich kaum rühren – auch wenn Matt Bascom, der noch am ehesten ein Doktor war, gesagt hatte, dass das mit der Schulter schon wieder werden würde.

Schickt Geld, hatte Stick geschrieben. *Alles, was wir haben. Ich kriege Anteile dafür. An einer Silbermine. Wir werden reich!*

Der Brief war in Virginia City aufgegeben. Stick war irgendwo in den Bergen von Washoe. Im fernen Westen. Dave hatte noch nie von Washoe gehört. Nevada war nicht einmal Teil der Vereinigten Staaten.

Er tastete wieder nach der Geldkatze. Er tat es zwanghaft, alle paar Minuten, wenigstens solange keiner zusah. Die heimlichen Ersparnisse seiner Eltern – zu schwer verdient, zu kostbar, um den eigenen Kindern davon zu erzählen. Vielleicht war das überhaupt das Schlimmste: Wenn Dave nicht halb besinnungslos vor Angst war, das Geld zu verlieren, dann nagte das schlechte Gewissen an ihm. Er tat nicht recht daran, Stick das Geld zu bringen.

Trau keinem, hatte Bob zum Abschied gesagt. *Schau jedem unter die Haut!*

Widerwillig wandte sich Dave der Hütte zu. Ging es nach ihm, musste der Stationsvorsteher gar nicht auftauchen. Die ständige Angst, sich zu verraten, zehrte ihn aus. Jeden Tag ein neuer Kutscher, alle 250 Meilen ein neuer Schirrmeister und alle zehn Meilen wurden die Pferde gewechselt. Das machte hundertmal dieselben Fragen, und in jedem Gespräch huschte Dave von Deckung zu Deckung, während die Fragen wie Kugeln über ihn hinwegpfiffen. Am schlimmsten war es, wenn noch jemand in der Kutsche saß und ihn mit neugierigen Blicken durchbohrte. Fünfzig Meilen lang hatte er einer spindeldürren Frau gegenübergesessen, die ihn am liebsten aufgeschnitten und in seinen Eingeweiden gelesen hätte.

Dave kam nie aus der Deckung. Jedes Mal behauptete er, vierzehn zu sein – nicht erst zwölf. Und jedes Mal sagte er, dass seine Familie in Virginia City auf ihn warte. Und wenn ihm jemand unheimlich war, dann verriet er nicht einmal so viel.

»Ich heiße Jedediah Smith, Sir«, hatte er zu dem Mann mit dem großen Marinerevolver gesagt. »Ich fahre bloß bis nach Carson. Mein Onkel ist da Hilfssheriff.« Nachher hatte er sich geärgert, dass er nicht »Sheriff« gesagt hatte.

In der Hütte war es so dunkel wie im Bauch einer Kuh. Es gab nur ein Fenster, ein Loch ohne Glas, aber das war mit Mehlsäcken verhängt. Daves Augen brauchten eine Weile, bis sie sich an die Dunkelheit gewöhnt hatten. Nach und nach erst erkannte er mehr.

Der Boden war gestampft, er stand im Speiseraum. Ein Tisch, ein paar wackelige Stühle. In der Ecke ein Sack Mehl, davor ein halbes Dutzend Kaffeepötte aus Zinn und eine Blechkanne. Von der niedrigen Decke baumelte eine Speckseite. Dave hörte Fliegen summen. Ein Vorhang trennte diesen Raum von einem zweiten.

»Hallo?«, krächzte Dave.

Er bekam keine Antwort.

Dave trat ein, eine Hand über dem Hemd in die Geldkatze

verkrallt. Es kostete ihn einige Überwindung, den Vorhang zur Seite zu schieben. Der Vorhang war schwer und klebte vor Dreck.

»Hallo?«

Hier gab es gar kein Fenster. Dave roch Schweiß, er hörte jemanden atmen.

Dann entdeckte er den Stationsvorsteher. Er lag in einer der Kojen, die es in jeder Station gab und in denen manchmal die Kutscher ein, zwei Stunden lang schliefen. Der Vorsteher hatte sich nicht mal die Stiefel ausgezogen. Er lag bloß da, flach auf dem Bauch, und von Zeit zu Zeit grunzte er. Gleich neben der Koje stand eine Kürbisflasche. Der Vorsteher schlief seinen Rausch aus. Er stank.

Im Grunde war Dave erleichtert. Solange der Vorsteher schlief, würde er nichts reden, nichts erzählen und nicht aufpassen müssen. Eine Weile sah er auf den Betrunkenen hinab. Dann schlich er sich leise fort, tauchte unter dem Vorhang hindurch und ging wieder nach draußen. Am Wascheimer füllte er seine Flasche auf, dann suchte er sich ein halbwegs schattiges Plätzchen an der Hüttenwand. Er hockte sich hin, lehnte sich gegen die warmen Ziegel und streckte die Beine aus. Ringsum rührte sich nichts, nur der gleichgültige Wind wirbelte da und dort Sand auf. Die Sonne brannte auf die nackten Hügel und die leere Prärie. Er würde die Kutsche schon von Weitem sehen, eine halbe Ewigkeit, bevor sie ankäme.

Er trank einen Schluck und verrieb einen Tropfen auf seinen trockenen Lippen. Er war in Nevada. Bis hierhin war er schon gekommen.

2. Kapitel

Pech.

Pech! Pech! Pech!

Dave hatte so sehr auf eine leere Kutsche gehofft. Er hatte sich hinter den Postsäcken verschanzen wollen und kein Sterbenswörtchen sagen. Jetzt stand er an der Hüttenwand und fluchte stumm.

Der Stationsvorsteher war irgendwie zu sich gekommen, wahrscheinlich hatte er die Kutsche gehört, das Rasseln und Klirren des Geschirrs, den dumpfen Hufschlag der Maultiere, zuletzt das leise Stöhnen der Räder. Er kam aus der Hütte gerannt, zwängte sich dabei in seine speckige Jacke und um ein Haar wäre er über den trostlosen Haufen Postsäcke gestolpert.

Ein Schirrmeister war diesmal nicht dabei. Der Kutscher, ein kleiner, gefährlich dünner Mann, hatte den Bock für sich alleine. Dave fluchte, weil es Passagiere gab.

Zuerst war ein junger Mann aus der Kutsche gestiegen – Ma hätte ihn »stattlich« genannt. Der Mann hatte dunkles, lockiges Haar, das sich über seiner glatten Stirn zu einer Tolle türmte. Er trug einen Anzug und ein weißes Hemd, aber seine vornehmen Kleider machten es nicht leichter, ihn auszurechnen. Er hielt sich nicht wie ein Pastor oder ein Anwalt. Er sah auch nicht nach

Geld aus. Eher wirkte er wie ein Schausteller oder ein Quacksalber, der von der Bühne seines Planwagens herab irgendwelche Tinkturen anpries.

Der Mann war ausgestiegen, hatte einmal zur Station und dem tristen Hügel hinübergesehen und dann den herbeieilenden Stationsvorsteher mit einer aufgestellten Augenbraue bedacht. Schließlich hatte er den Schlag aufgehalten und dabei einen Kratzfuß gemacht – nicht wie ein Diener, sondern wie einer, der seine Unterwürfigkeit bloß spielt.

Pech! Pech! Pech! Da saß noch jemand in der Kutsche.

Es war eine junge Lady, aber vielleicht täuschte auch das. Nach ihren Kleidern zu urteilen – dem langen, dunklen Rock, der festgezurrten Haube und dem Schultertuch –, würde Dave *Madam* zu ihr sagen, aber so verhielt sie sich nicht. Der junge Mann reichte ihr den Arm, um ihr aus der Kutsche zu helfen, aber sie nahm ihn nicht. Sie ließ den Mann stehen, klopfte sich den Staub vom Ärmel und hatte Dave gleich gesehen. Zwinkerte sie ihm zu?

Dave verschränkte die Arme vor der Brust. *Trau keinem.*

Der Stationsvorsteher verhandelte gestenreich mit dem Kutscher. Ein paarmal wies er auf die Postsäcke, ein paarmal schüttelte der Kutscher den Kopf. Als er den Hut abnahm, um sich den Schweiß abzuwischen, kam darunter seine ganz persönliche Prärie zum Vorschein: eine schorfige Glatze mit ein paar farblosen Resten Büschelgras.

Zögernd ging Dave auf die Gruppe zu. Der Wind trug die ersten Worte heran.

»Wo sollen die Säcke denn hin? Ich bin voll«, sagte der Kutscher. Dann sah er Dave. »Der auch noch?«, fragte er.

Der Stationsvorsteher sah aus, als hätte er eine Erscheinung. Seine trüben Augen klebten an Dave. Sein Mund stand einen Spalt offen. Zähne waren da nicht mehr viele.

Der junge Mann im Anzug unterdrückte ein Lachen.

Dave wollte es möglichst schnell hinter sich bringen. »Der Schenkelstrang, Sir«, stieß er hervor. Er hatte rote Ohren. »Die letzte Kutsche ist umgekehrt, Sir. Ich soll auf die nächste warten, hat der Schirrmeister gesagt. Dave Kellen mein Name.«

»So. – Ja.« Der Stationsvorsteher versuchte, seine Überraschung hinter einem geraden Rücken zu verbergen. Dicke Schweißtropfen standen auf seiner Stirn. »Dann, also …« Er lugte in den Innenraum der Kutsche. »… wird es vielleicht ein bisschen eng.«

Der Kutscher blies die Backen auf. Er war entnervt.

Der junge Mann im Anzug ließ sein Lachen frei. »Guten Tag, junger Freund«, sagte er. »Wenn ich mich vorstellen darf: Edmund Curry.«

Er reichte Dave die Hand. Dave starrte die Hand bloß an.

»Und das«, sagte Edmund Curry, mit der ausgeschlagenen Hand schnell auf die Lady weisend, »ist Miss Penny Dreadful.« Er grinste zur Lady hinüber. »Sie ist ebenso schüchtern wie du.«

Als sich die Kutsche endlich in Bewegung setzte, stand die Sonne weit im Westen. Der Abend kam mit langen Schatten. Die nackten Ostflanken der Hügel waren bald in Dunkelheit getaucht. Auf ihrer Fahrt wechselte die Kutsche vom Licht in den Schatten und vom Schatten ins Licht.

Drinnen hockten sie zwischen den Postsäcken. Dave saß am

äußersten Rand. Er presste sich gegen die Kutschenwand und hatte die Arme über der Geldkatze verschränkt. Miss Dreadful saß links von ihm und hielt sich wie auf einer Kirchenbank: gerader Rücken, die Hände im Schoß, den Blick – als wäre das möglich – nirgendhin gerichtet. Nur Edmund Curry machte sich breit. Er hatte die Beine ausgestreckt, seine Stiefel lagen auf den Postsäcken im Fußraum, und einen Ellbogen hatte Curry auf einen Postsack gestützt, sodass sein Oberkörper leicht Schlagseite hatte. Offenbar war Curry bester Laune.

»Und, Junior, wie alt bist du?«, hatte er Dave gefragt, kaum dass der Kutscher sein »Hüaa!« gebrüllt und den Stationsvorsteher seinem Schnaps überlassen hatte.

Dave hatte »vierzehn« gemurmelt und dabei wahrscheinlich nicht einmal die Lippen bewegt. Das Problem war: Er sah kein bisschen wie vierzehn aus.

Danach war es auf eine peinliche Art still geworden in der Kutsche, was aber Edmund Curry offenbar nicht hinnehmen wollte. Er hatte einfach drauflos geredet und vom Mississippi erzählt, wo er herkam, bis sich Miss Dreadful erbarmte und ihm eine Frage stellte.

»Waren Sie nicht bei den Soldaten, Mr Curry?«

Dave traute sich nicht, Curry anzusehen, aber er spitzte die Ohren. Vor ein paar Monaten war Fort Sumter von Soldaten überfallen worden, die keine Soldaten der Vereinigten Staaten von Amerika mehr sein wollten. Elf Bundesstaaten, die Bob nur die »Sklavenstaaten« nannte, weil sie die Sklavenhaltung nicht verbieten wollten, hatten sich vom Präsidenten losgesagt. Mississippi war einer dieser Staaten. Edmund Curry allerdings sah wie das glatte Gegenteil eines Soldaten aus. Unvorstellbar, dass er Uniform trug. Unvorstellbar, dass er sich von einem Sergeant anbrüllen lassen würde – oder wie ein Sergeant brüllte.

»Oh«, sagte Curry, sichtlich erfreut, dass jemand mit ihm reden wollte. »Krieg, Miss, ist gar nichts für mich. Er ist nachweislich schlecht für die Gesundheit. Und außerdem hatte ich keine Lust, für die Unfreiheit anderer Leute zu kämpfen. Ich bin sehr für die Freiheit der Sklaven, Miss, und noch mehr für meine eigene. Und da dachte ich mir: Geh nach Nevada – da sind die Dinge noch nicht so verfahren. Jede Menge Luft zum Atmen, dachte ich mir. Ich glaube, da geht es mir wie Ihnen.« Es war nicht ganz klar, ob dieser letzte Satz eine leise Vermutung oder eine richtige Frage war, aber Miss Dreadful ging so oder so nicht darauf ein. Lieber stellte sie selbst die Fragen.

»Was haben Sie denn für Pläne in Nevada, Mr Curry? Wollen Sie nach Silber schürfen? Wie alle?«

Dave machte sich in seinem Winkel noch etwas kleiner. Am liebsten hätte er sich die Ohren verstopft. Er wollte nichts vom Silber hören. Und zugleich sog er jedes Wort auf.

Edmund Curry hob die Hände. »Sehen die etwa wie Schaufeln aus?« Seine Hände waren schlank und fein und ziemlich weiß. »Nein, Miss. Ich arbeite mit dem Kopf.« Er tippte sich an die Stirn. Dann linste er zu Dave hinüber, als erwarte er, dass der gleich loslachen würde, aber Dave stierte auf den Postsack zu seinen Füßen, als hätte er nie etwas Interessanteres gesehen. »Ich erwäge, ein Buch zu schreiben, Miss Dreadful.«

»Ah ja?«

Dave war sich ziemlich sicher, das Miss Dreadful ihr Interesse bloß heuchelte.

»In der Tat.« Edmund Curry spreizte sich ein wenig. In den Postsäcken raschelten die Briefe.

»Und worüber wollen Sie schreiben, Mr Curry?«

»Ach«, sagte Curry leichthin, »mal sehen. Neulich habe ich gedacht, ein Buch über die Frauen im Westen wäre eine nette Idee. Da hatte ich gerade von Mrs Woody aus Kansas gehört, der eine Kuh ins Bett gefallen ist. Die Kuh ging auf dem Dach von Mrs Woodys Hütte spazieren und offenbar war das Dach nicht das Stabilste. Plumps, lag das Vieh in den Federn. Dabei war Mrs Woody in den Westen gekommen, um reich zu werden. Dollars sollte es regnen, nicht Kühe.« Curry lachte, aber niemand fiel ein. »Vielleicht hätten Sie ja auch Lust, in meinem Buch vorzukommen, Miss«, sagte er dann.

»Nein«, sagte Penny Dreadful, was Edmund Curry geflissentlich überging.

Er redete einfach weiter. »Die Geschichten lauern überall, gerade hier im Fernen Westen«, sagte er. »Der junge Dave Kellen da in der Ecke zum Beispiel. Ich wette, dass er eine Geschichte hat, die sich zu erzählen lohnen würde. Leider rückt er nicht mit ihr heraus.«

Dave wurde heiß, dann wurde ihm eiskalt. »Sir?«, stotterte er.

»Schon gut, Junior. Schon gut.« Curry wandte sich wieder Miss Dreadful zu. »Oder diese Brosche da, Miss, mit der Sie Ihr Schultertuch zusammenhalten. Die fällt mir schon die ganze Zeit auf. So schwarz und glänzend und wie ein Tropfen geformt. Ich frage mich, wo Sie die herhaben. Mit Verlaub, Miss, diese kleine Brosche sieht nach einer langen Geschichte aus.«

Dave konnte nicht anders. Verschämt sah er zu Miss Dreadful hinüber und versuchte, einen Blick auf die Brosche zu erhaschen. Ein später Sonnenstrahl kam ihm zu Hilfe. Für einen Augenblick funkelte die Brosche im Licht und Dave war auf einmal wie gebannt. Er hatte in seinem Leben nicht viele Schmuckstücke gesehen und wusste doch gleich: Dieses war ein besonderes. Der Stein war klein, aber war man erst auf ihn aufmerksam geworden, so war er unübersehbar. Tatsächlich schien er zu groß für die feine silberne Fassung, in die man ihn gezwängt hatte. Denn auch wenn das unmöglich war: Der schwarze Stein schien unmerklich anzuschwellen, ganz wie ein richtiger Tropfen – einen Augenblick nur, bevor er fällt.

»Ein Geschenk, Miss? Von Ihrem Liebsten vielleicht?« Edmund Curry wollte Penny Dreadful aus der Reserve locken und diesmal gelang es.

»Keineswegs, Mr Curry«, sagte sie schnell, um sich dann zu verbessern. »Das heißt, ein Geschenk ist er schon.« Einen Moment lang legte sie die Hand an die Brosche und auf einmal wollte sogar Dave die Geschichte hören. Einen Moment lang war alles andere – Bob, Stick, das Silber, das Geld – ganz weit weg. Was hatte es mit diesem Stein auf sich? Warum zum Teufel interessierte ihn das?

»Aber ich muss Sie enttäuschen, Mr Curry«, sagte Penny Dreadful. »Es ist keine aufregende Geschichte. Und sie ist keineswegs lang. Sie ist sogar sehr kurz. Sie eignet sich nicht für Ihr Buch, fürchte ich.«

Doch Curry ließ nicht locker. »Das macht gar nichts, Miss. Wir wollen Sie hören, der junge Dave Kellen und ich. Und überhaupt scheint mir, dass die kurzen Geschichten die besten sind. Dies ist ein Land für kurze Geschichten, denke ich oft. Langatmige Vorreden sind in Amerika nicht vonnöten. Weiter als bis gestern reicht hier ja gar nichts zurück. Und Geduld hat in diesem Land sowieso keiner.«

»Sie auch nicht, Mr Curry?«, fragte Penny Dreadful.

»Ich auch nicht«, sagte Curry. »Geschichten von Ihnen ausgenommen.« Er grinste sein Edmund-Curry-Grinsen. »Na los!« Er unterbrach sich. »Nein! Lassen Sie mich raten! Es handelt sich um ein Familienerbstück. Ihre Großmutter selig hat es Ihnen vermacht. ›Der Stein ist so undurchschaubar wie du, Penny!‹ hat sie gesagt.«

Penny Dreadful lächelte höflich und ein bisschen angestrengt. »Nein, Mr Curry, so war es nicht.« Sie nahm die Hand von der Brosche. »Der Stein ist das Geschenk eines Gentleman aus Europa. Ich habe ihn in San Francisco kennengelernt. Zugegeben, er war ein seltsamer Vogel. Behauptete, ein Graf zu sein. *Twosouls* nannte er sich, Mr Curry. Weshalb der Witz umging, er sei in Wahrheit ein Indianer.«

»Und? War er einer?«

»Nein«, sagte Penny Dreadful. »Er kam wirklich aus Europa. Jedenfalls sprach er kaum Englisch. Er hatte ein ganzes Säckchen voller seltener Steine dabei, die er verkaufte.«

»Ach?«, sagte Curry. »Auch Gold, Miss? Waren Nuggets dabei? Bestimmt war er zum Goldsuchen nach Kalifornien gekommen, dieser Twosouls.«

»Mag sein«, sagte Penny Dreadful. »Aber wenn er Gold gesucht hat, hatte er, als ich ihn traf, noch keins gefunden. Es waren sonderbare Steine, wie gesagt. Viele von ihnen bunt. Mit seltsamen Namen. Geerbt hat er sie, hat er gesagt. Den hier hat er *Karfunkel* genannt. Für seine Familie, hat er gesagt, sei dieser Karfunkel mit allerlei Erinnerungen verknüpft.«

»Und warum hat er Ihnen diesen Stein geschenkt?«

Penny Dreadful zuckte mit den Schultern. »Vielleicht wollte er die Erinnerungen loswerden.«

»Ich wette, er wollte Sie heiraten!«, rief Curry, woraufhin sich Penny Dreadfuls Miene verfinsterte.

»Und *ich* wette, ihm hat bloß mein Gesang gefallen«, knurrte sie.

»Ihr Gesang?« Curry strahlte. »Sehen Sie, so folgt eine Geschichte auf die nächste. Und alle hängen sie miteinander zusammen! Man weiß bloß nicht immer, wie. Deshalb muss man ein bisschen nachfragen. Bohren.« Curry lehnte sich raschelnd gegen den Postsack in seinem Rücken. »Was singen Sie denn so, Miss Dreadful?«

»Meistens singe ich gar nicht, Mr Curry«, sagte Penny Dreadful und damit war das Gespräch fürs Erste beendet. Edmund Curry startete noch den einen oder anderen Versuch, aber Miss Dreadful sagte kaum noch mehr als »Ja« oder »Nein«, und bald darauf sah jeder aus seinem Fenster: Miss Dreadful, Mr Curry und Dave.

Der Himmel färbte sich rot und die Berge sahen auf einmal wie gewaltige Scherenschnitte aus – gezackte schwarze Flächen vor dem glühenden Himmel.

Als es schließlich finster wurde in der Kutsche, schien der Hufschlag der Maultiere lauter zu werden – alles wurde lauter, je stiller es drinnen war. Dave hörte Penny Dreadful und Edmund Curry atmen und gab sich alle Mühe, den beiden zu misstrauen – so wie es Bob ihm geraten hatte. *Schau jedem unter die Haut!*

Insgeheim wusste er jedoch, dass er es schlimmer hätte treffen können, und wenn er nicht gerade an den schwarzen Stein, den Karfunkel, und den Mann namens Twosouls dachte, dann dachte er an die Kuh von Mrs Woody – und nicht an das Geld auf seinem Bauch. Und irgendwann, kurz bevor der Mond aufging, dachte Dave bloß noch: *Nicht einschlafen. Nicht einschlafen.*

3. Kapitel

Dave schreckte nicht hoch, wie sonst immer in den letzten Wochen. Eher war es, wie von einem Traum in einen anderen zu wechseln, auf einmal ganz woanders zu sein, ohne zu wissen, wie und wieso, und ohne Gelegenheit, sich auch nur darüber zu wundern: Jemand schoss und die Nacht war aus Silber.

Der Mond war aus Silber, die Sterne waren Silber, das Land vor dem Kutschenfenster lag in silbernem Schein – weiß und weit unter dem hohen, lichterübersäten Himmel.

Der Kutscher schrie die Maultiere an, die großen Räder blockierten, die Kutsche kam bebend zum Stehen. Holz und Eisen – alles stöhnte. Es klang wie ein letzter Atemzug.

Edmund Curry rutschte von der Bank zwischen die Postsäcke.

Penny Dreadful schrie auf.

Draußen bellte ein Mann.

Dave begriff nicht. Er begriff gar nichts. Er spürte Penny Dreadfuls Hand auf seinem Arm, er spürte die Nachtluft – kühl wie Metall. Die Tür der Kutsche stand auf einmal offen.

Dave stolperte, er stand plötzlich draußen – mitten in der Nacht. Es war kalt – als hätte ihm Amy die Bettdecke geklaut –

und dann stürzte der schmächtige Kutscher auf Dave zu und fiel ihm genau vor die Füße. Zusammengekrümmt blieb der kleine, dünne Mann im mondhellen Dreck liegen.

Penny Dreadfuls Stimme war fest und klar. Sie sagte: »Schonen Sie unser Leben!«

Edmund Curry war nirgends zu sehen.

Der Postkutschenräuber trug einen Sack über dem Kopf. In den Sack waren Löcher geschnitten, leere Höhlen für die Augen. Am Hals war der Sack mit einem Strick zugebunden – als hätte der Mann eben noch vom Galgen gebaumelt. Er war groß und trug einen Overall. Er hatte nur einen Arm. Das Gewehr hielt er im anderen. Der Lauf war auf den Kutscher am Boden gerichtet.

»Die Spendengelder!«, knurrte der Mann. Seine Stimme war die Stimme eines Pumas.

Der Kutscher hatte die Hände gehoben. Er versuchte, ohne ihre Hilfe aufzustehen. »Nicht schießen!«, flüsterte er. »Nicht schießen!« Er fiel hin, rappelte sich wieder auf, blieb auf wackligen Beinen stehen.

Weiß im Mondlicht, mit dem hellen Sack über dem Kopf und dem leer an seiner linken Seite baumelnden Ärmel, sah der Bandit wie ein Gespenst aus.

Dave widerstand dem Drang, nach der Geldkatze zu tasten. Er tat, was Penny tat: Er hob die Hände. Er starrte den Mann an und war sich nicht einmal sicher, ob es ihn wirklich gab. *Ein Überfall*, dachte er immer wieder, aber der Gedanke kam nirgends an. Er blieb seltsam folgenlos. Dave blieb einfach stehen.

»Mach schon!«, fauchte der Bandit den Kutscher an.

Zögernd ging der Kutscher auf die Kutsche zu.

Spendengelder, dachte Dave in diesem Augenblick – es war sein erster halbwegs klarer Gedanke. Der Bandit hatte es nicht auf sein Geld abgesehen. Er wusste nichts von der Geldkatze. Er wusste nichts von den 332 Dollar auf Davids Bauch.

»Schsch«, machte Penny Dreadful, und Dave kam es vor, als hütete sie seinen Schlaf. Als säße sie an seinem Bett, um einen Albtraum zu verscheuchen.

Mühsam kletterte der Kutscher auf das Kutschdach. Oben angekommen, machte er sich an einem Ledergurt zu schaffen.

Der Bandit war einen Schritt zurückgetreten. Ganz bestimmt hatte er Dave und Penny im Blick, das Gewehr jedoch hatte er auf den Kutscher gerichtet. Weil er nur die eine Hand hatte, hielt er es wie einen Colt – den Finger am Abzug.

Die Gurtschnalle da oben rasselte. Der Kutscher wuchtete eine kleine eiserne Kiste hoch.

»Wirf sie runter!«

Dumpf schlug die Kiste in den Staub.

Nimm sie, dachte Dave in diesem Augenblick. *Nimm sie endlich und verschwinde!*

Doch der Bandit sah nicht einmal hin. Er behielt den Kutscher im Blick, während der unsicher von der Kutsche kletterte.

Geh!, dachte Dave. *Hau ab! Lass uns! Wir haben dir nichts getan.*

»Was ist da drin?« Einen Augenblick lang wies der Gewehrlauf ins Innere der Kutsche.

Curry, schoss es Dave durch den Kopf. *Da drin ist Edmund Curry.*

»Post für Virginia City«, krächzte der Kutscher. Wusste er nicht, dass Curry fehlte?

»Ausschütten!«, sagte der Bandit.

»Was?« Der Kutscher war verdattert. Seine Hände, hoch über dem Kopf, zitterten.

»Ausschütten, verdammt! Die Säcke.«

Der Kutscher zog den ersten aus dem Innenraum. Er band ihn auf – er brauchte eine Ewigkeit dafür. Dann schüttete er den Sack aus. Briefe! Hunderte von Briefen! Sie ergossen sich in den Staub. Ein See aus Papier, ganz weiß, und darüber der schwarze Himmel.

»Weiter!«

Sack um Sack zerrte der Kutscher hervor, zwei Säcke, drei Säcke, immer mehr Briefe. Der See aus Papier breitete sich aus.

»Stopp«, sagte der Bandit plötzlich, als hätte er genug gesehen. »Das reicht.« Er ging in die Knie, um einen – wahrscheinlich irgendeinen – der Briefe zu befühlen.

Das war der Moment, in dem das Gewehr bloß auf seinen Knien lag.

Das war der Moment, den Edmund Curry nutzte.

Curry sprang hinter den Mulis hervor. Er musste sich aus der Kutsche gestohlen haben, auf der anderen Seite. Er musste hinter der Kutsche gekauert haben. Er hatte gewartet.

Nicht!, dachte Dave. *Lass es! Lass es vorbeigehen!*

Curry hatte einen Revolver in der Hand – den Arm auf Schulterhöhe ausgestreckt. Die Mündung zeigte auf den Räuber. »Lassen Sie die Waffe fallen!«, presste Curry hervor. »Es ist vorbei.«

Aber es war nicht vorbei. Der Bandit, immer noch auf den Knien, fuhr herum, die leere Hülle seines linken Ärmels flatterte hinter ihm her.

»Nein!«, hörte Dave die junge Lady namens Penny Dreadful rufen, aber dieser Ruf war nicht mehr als ein schwaches Echo – eine dünne menschliche Stimme am fernen Rand eines Donnerschlags: Jemand schoss und dann lag Dave, wie vom Blitz getroffen, im Staub.

Bis der Schmerz kam, dauerte es eine ganze Weile. Zuerst sah Dave bloß den Himmel. Er lag flach auf dem Rücken und sah die Sterne hoch über sich funkeln, und was an sein Ohr drang, schien genauso fern zu sein wie sie: schnelle, scharrende Bewegungen, ein Schlag mit etwas Hartem, ein Stöhnen und noch jemand stürzte. Ein dumpfes Geräusch.

Dann kniete plötzlich Penny Dreadful über Dave und auf einmal tat seine rechte Seite furchtbar weh. Etwas Warmes rann über seine Haut. Blut. Das musste Blut sein. Sein Atem ging stoßweise und doch bekam er kaum Luft.

»Ruhig«, sagte Penny Dreadful. »Ganz ruhig, David! Nicht bewegen.«

»Nicht!«, rief Dave, aber sie hörte ihn nicht. Sie knöpfte sein Hemd auf. Das war das Schlimmste!

»Nicht!«, rief Dave wieder. Die Geldkatze! Die Geldkatze! Sie durfte sein Hemd nicht aufknöpfen!

»Zur Seite!«, fauchte der Bandit.

Dave sah ihn über sich stehen, himmelhoch. Das Gewehr, der leere Ärmel, der Strick, der Sack und kein Gesicht. Der Bandit bückte sich, dann spürte Dave seine warme, harte Hand auf dem nackten Bauch. Die Finger des Banditen krallten sich in die Geldkatze. Der Bandit riss an ihr, dann war sie weg. Die Tränen schossen Dave in die Augen, er konnte nichts dagegen tun.

»Sie Schwein«, sagte Penny Dreadful. »Sie gottserbärmliches

Schwein.« Sie stand aufrecht vor dem Banditen. Sie schien nicht einmal halb so groß zu sein.

»Maul halten!«, sagte der Bandit und dann streckte er die Hand mit dem Gewehr nach ihr aus und riss mit einem einzigen Ruck die Brosche von ihrem Schultertuch. Der schwarze Stein. Der Karfunkel! Mit einer geschickten Bewegung ließ der Bandit ihn in der Brusttasche seines Overalls verschwinden.

»Und jetzt Ihre Börse, Ma'am«, sagte er, und an den Kutscher gewandt fügte er hinzu: »Und seine« – was Dave nicht verstand. Er hörte Schritte – die des Kutschers oder die Currys? Er hatte auf einmal furchtbare Angst. Er war getroffen. Er blutete. Das Geld …

»Auf den Boden!«, hörte er den Banditen fauchen. »Alle!« Dave öffnete die Augen. Die zerrissene Geldkatze hing über der Schulter des Räubers, oberhalb des fehlenden Arms.

Dave sah, wie sich der Kutscher hinkniete und bäuchlings in den Staub legte. Widerstrebend machte Penny Dreadful es ihm nach. Wo Curry war, wusste Dave nicht. Der Schmerz saß über seinen Rippen. Seine ganze Seite brannte. Er blutete immer noch.

Hau ab! Hau ab!, dachte er wieder und wieder, und als er endlich Hufschlag hörte und der Hufschlag endlich verklang, fing er an zu schluchzen.

Penny Dreadful verband seine Wunde. Dave saß gegen eines der Kutschenräder gelehnt und ließ es über sich ergehen.

»Du hast Glück gehabt«, hatte sie gesagt und zu lächeln versucht, was ihr furchtbar missglückte. Sie hatte die Wunde gereinigt und schlang jetzt breite Bahnen Mull um seinen Bauch.

Es war nur ein Streifschuss, und die Wunde blutete mittlerweile auch nicht mehr, aber sie brannte immer noch wie Feuer. Im Grunde war sie das Einzige, was Dave spürte. Das Geld war weg. Alle 332 Dollar. Was sollte er Bob sagen? Wie konnte er Stick noch gegenübertreten?

»Ihre Brosche, Miss«, sagte er zu seiner eigenen Überraschung. Der Karfunkel.

Diesmal fiel Penny das Lächeln leichter. »Das ist nicht wichtig, David«, sagte sie leise. »An der Brosche hängt nichts.« Sie riss das Ende der Mullbahn entzwei und knüpfte einen Knoten. »Hattest du Geld in deiner Katze?«

Plötzlich stiegen Dave wieder die Tränen in die Augen. Er wischte sie weg. Er antwortete nicht. Er sah zum Kutscher hinüber, der die Briefe aufsammelte und die Säcke zurückstopfte. Das alles sah so unwirklich aus: der kleine Mann im Mondschein in diesem See aus Papier.

Edmund Curry gab vor, ihm zu helfen, aber eigentlich stand er bloß da und rieb sich das Gesicht. Dann schien ihm etwas ins Auge zu fallen. Er ging ein paar Schritte und hob es auf. Es war sein Revolver.

Penny Dreadful hatte es auch bemerkt. »Sie hätten ihn umbringen können, Mr Curry!«, sagte sie plötzlich mit kaum unterdrückter Wut. »Es hätte nicht viel gefehlt und Sie hätten den Jungen erschossen. Mein Gott!« Jetzt brach es richtig aus ihr heraus. »Was sind Sie nur für ein Idiot!«

Dave verstand erst gar nicht. Er war wie selbstverständlich davon ausgegangen, dass der Bandit geschossen hatte. Dass die Kugel, die ihn verwundet hatte, aus dem Gewehr des Banditen gekommen war.

Aber das konnte ja gar nicht sein. Der Bandit war, noch auf den Knien, herumgewirbelt, als Curry hinter ihm auftauchte. Er hatte Dave den Rücken zugewandt, als der Schuss sich löste. Es war Curry, der geschossen hatte! Und statt des Banditen hatte er Dave getroffen. Ein zweiter Schuss war gar nicht gefallen – abgesehen von dem einen, mit dem der Bandit die Kutsche gestoppt hatte.

Nachdem Curry geschossen hatte, hatte der Bandit Curry mit dem Kolben seines Gewehrs bewusstlos geschlagen. Dave hatte zugesehen, wie Curry sich, als der Bandit schon davongaloppiert war, mühsam aufgerappelt hatte. Auf Currys Wange, unmittelbar unter dem Jochbein, prangte ein dicker Bluterguss.

Curry starrte immer noch auf den Revolver in seiner Hand. Er wehrte sich nicht gegen Pennys Vorwürfe. Er ließ sie über sich ergehen, und erst als Penny fertig war, hob er den Kopf. Er war blass und das Haar hing ihm wirr in die Stirn.

»Es tut mir leid, Miss Dreadful«, sagte er leise. Dann sah er Dave an, zögerte, als wisse er nicht recht, was er jetzt tun solle, und kam schließlich bis auf zwei Schritte an die Kutsche heran. »Es tut mir schrecklich leid, Junior. Ich …« Er schüttelte den Kopf. »Ich weiß auch nicht. Ich hab gedacht …«

»Sie haben gar nicht gedacht, Mr Curry.« Penny Dreadful schnitt ihm das Wort ab. »Sie haben den Helden spielen wollen. Mit dem Ding da.« Sie wies auf Currys Revolver. »Was ist das? Ein Allen-Revolver?« Sie schnaubte verächtlich.

Edmund Curry nickte. Er starrte die Waffe an.

»Mit so was«, sagte Penny Dreadful, »hat noch niemand irgendwas getroffen. Nicht in den letzten hundert Jahren. Und

Sie, Mr Curry, treffen auch in den nächsten hundert Jahren nicht damit.«

Curry nickte wieder.

»Wissen Sie was, Mr Curry? Ohne Ihr Zutun hätte dieser Kerl sich mit den Spendengeldern begnügt. Er war allein auf die Spendengelder aus, begreifen Sie? Wenn Sie nicht gewesen wären, hätte der Junge seine Geldkatze noch. Und Sie und ich – wir hätten unser Geld auch noch.«

»Ich …« Curry rang nach Worten, was wahrscheinlich nicht oft vorkam. »Ich mach das wieder gut, Miss«, stieß er schließlich hervor. »Ich mach das wieder gut, Junior, hörst du? Wir kriegen den Kerl. Gleich in der nächsten Stadt gehen wir zum Sheriff. Wir trommeln ein paar Leute zusammen. Wir machen Jagd auf ihn. Wir …«

»Hören Sie auf«, fiel ihm Penny Dreadful ins Wort. »Wenn Sie schon Ihre nächste Heldentat planen, meinetwegen. Träumen Sie ein bisschen vor sich hin. Aber der Junge und ich haben gerade andere Sorgen. Wir brauchen einen Arzt. Wir brauchen ein Dach über dem Kopf. He, Kutscher! Wie heißt die nächste Stadt?«

Der Kutscher kniete immer noch in den Briefen. Seit der Bandit verschwunden war, hatte er kaum ein Wort gesagt. Er hatte Penny Dreadful mit dem Verbandszeug geholfen und sich dann um Curry gekümmert. Jetzt sah er auf, immer noch ganz blass um die Nase.

»Silver City, Miss«, sagte er. »Ein, zwei Stunden von hier.«

4. Kapitel

Die Kutsche war so langsam wie ein Trauerzug. Die Maultiere schleppten sie durch die Nacht, von nun an immer bergauf. Öde, kahl und vertrocknet lag das wellige, offene Land im Mondschein.

Dave spürte jedes Schlagloch. Er hatte Schmerzen, aber er zeigte sie nicht. Wann immer sich Penny Dreadful zu ihm hinüberbeugte und sich erkundigte, nickte er bloß. »Es geht.« Das sagte er immer wieder.

Edmund Curry hatte sich in den hintersten Winkel seiner Bank verkrochen und schwieg. Im Halbdunkel war nicht mehr zu sehen als sein blasses, jetzt seltsam jungenhaftes Gesicht. Penny Dreadful strafte ihn mit Missachtung und er wehrte sich nicht.

Penny war wütend auf Curry, aber Dave war es nicht. Das Geld war weg und er allein war schuld daran. Er hätte es nie nehmen dürfen. Er hätte Nein sagen müssen – erst zu Stick und dann zu Bob. Er hätte nie nach Nevada aufbrechen dürfen. Das Geld gehörte Amy und ihm und allen Kellens und es gehörte in die Plains, in ihre schäbige Hütte. 332 Dollar für Saatgut, Vieh oder Werkzeug oder, wenn es schlimm kam, für einen Arzt – das war viel Geld. Es wäre mutiger gewesen, dazubleiben, als aufzubrechen. Es war nicht die brennende Wunde, es war dieser Gedanke, der ihm wehtat.

Nach einer Weile sagte Penny Dreadful: »Wenn wir in Silver City sind, müssen wir zum Sheriff. Wir müssen den Überfall melden, David.«

Er nickte wieder. Aus irgendeinem Grund dachte er die ganze Zeit an Amy, die so viel arbeitete und sich so wenig vom Leben wünschte.

»Du wirst sagen müssen, was dir gestohlen wurde, David.« Penny sprach langsam. Sie betonte jedes Wort. Sie sprach wie mit einem Kranken. Dave war das nicht recht.

»Ja«, sagte er, auch wenn er keine Ahnung hatte, was er dem Sheriff sagen würde.

»In deiner Katze war Geld, nicht wahr?«

Dave wusste nicht, wo er hinsehen sollte, also sah er aus dem Fenster. Da draußen war nichts. Das Land war leer.

»Solltest du das Geld jemandem bringen?«

Dave mochte Penny. Er war froh, dass sie da war. Aber sie sollte nicht fragen.

»Wartet jemand auf dich, David? In Virginia City? Ja? Hör mal, ich will dir helfen.« Sie machte eine Pause. Sie bewegte sich. Dave hörte ihr Kleid rascheln. »Mr Curry hier will dir auch helfen, hörst du?«

Curry, der so lange geschwiegen hatte, musste sich räuspern. »Sicher, Junior«, krächzte er, um gleich wieder in brütendes Schweigen zu verfallen. Doch Dave spürte seine Blicke. Er spürte auch Pennys Blicke. Aber er wollte nicht reden. Warum sahen sie nicht woandershin?

»Du könntest gleich mit der nächsten Kutsche weiterfahren«,

sagte Penny. »Wenn jemand in Virginia City auf dich wartet, meine ich. Wir könnten auch einen Brief schreiben, du und ich. An deine Eltern vielleicht. Hm?«

Dave konnte sie nicht ansehen. Er stierte weiter aus dem Fenster, hinaus in die Nacht. Er hätte wieder heulen können, aber das verbot er sich. Er hatte genug geheult, und besser, er hätte es von vornherein gelassen. Er dachte an den Tag, als sie den Krug mit dem Geld gefunden hatten. Er wollte nicht daran denken, aber er konnte nichts dagegen tun.

»Es waren 332 Dollar, Miss«, sagte er auf einmal und musste sich auf die Zunge beißen, um nicht weiterzusprechen.

Penny Dreadful antwortete nicht sofort. Sie schien erst nachzudenken. Dann sagte sie: »Gut. Das sagst du dem Sheriff. Oder ich sage es ihm, wenn du willst. Vielleicht schnappt er den Postkutschenräuber. Dann bekommst du das Geld zurück.«

Dave nickte schnell, aber in Wahrheit brauchte es eine ganze Weile, bis bei ihm ankam, was sie gesagt hatte. Vielleicht würde man den Räuber wirklich fangen. Vielleicht hätte der das Geld dann noch. Wenn er es wiederbekäme, dachte Dave, dann würde er es Stick nicht geben. Dann würde er Stick nach Hause holen. Er würde alles rückgängig machen. Und am Ende wären sie wieder zu Hause, in den Plains.

»David …« Penny Dreadful suchte hörbar nach den richtigen Worten und in diesem Moment tat sie Dave sehr leid. Er würde sie anlügen müssen – jetzt war es beschlossene Sache. Er würde versuchen, das Geld wiederzubekommen. Er würde nicht weiter nach Virginia City fahren. Der Bandit hatte nur einen Arm. Die meisten Männer hatten zwei. Es konnte so schwer nicht sein, einen Einarmigen zu finden.

»Miss«, sagte er. »Ich ... es wartet niemand auf mich in Virginia City ...« Für einen Moment stockte er – er hatte so schnell keine gute Lüge parat. Wenn er irgendjemandem von Stick erzählen würde, dann würden sie ihn zu Stick schicken – ohne das Geld. Er brauchte eine andere Geschichte. »Ich will weiter nach Salt Lake, Miss.« Auf einmal war es ganz einfach. »Mein Onkel wartet da auf mich«, sagte er schnell. »Er braucht das Geld. Er braucht es nötig. Er ... er bringt mich um, wenn ich's nicht mehr hab.«

Es war noch dunkel, als sie Silver City erreichten. Die Kutsche holperte über die Main Street, an der 6th, der 5th, der 4th Street vorbei. Die Straße war wie ausgestorben – ein breites staubiges Band, links und rechts davon Häuser aus Brettern, aufgereiht wie an einer Schnur. Es waren die kleinen Stunden des Tages, die stillsten, die es gibt. Licht brannte allein im Büro des Sheriffs, Main Street, Ecke 3rd Street.

Daves war seltsam atemlos, als die Kutsche hielt. Er hatte sich alles zurechtgelegt: Sein Onkel hieß Jedediah Smith und war im Frühjahr nach Salt Lake gezogen. Onkel Jed, der älteste Bruder seiner Mutter, war Geschäftsmann in Salt Lake, ein harter Mann. Und die 332 Dollar waren Geld, das die Kellens aus den Plains ihm schuldeten. Die Kellens waren anständige Leute. Sie zahlten ihre Schulden zurück.

In Daves Geschichte war niemand an den Masern gestorben. Es war auch niemand unter die Kuh geraten. Und niemand war nach Virginia City abgehauen.

Als Dave ausstieg, wurde ihm schwindlig. Es tat weh, den Oberkörper aufzurichten. Er stützte sich an der Kutsche ab und wartete, bis der Schwindel nachließ. Seine Wunde brannte ärger denn je.

»Der Junge braucht einen Arzt«, hörte er Penny sagen, aber Dave wollte zum Sheriff.

»Es geht schon«, sagte er und kniff die Augen zu, bis das Schlimmste vorbei war.

Als er sie wieder öffnete, stand der Sheriff auf der Straße. Er war ein großer, schlanker Mann, vielleicht fünfzig Jahre alt, mit einem schon weiß gewordenen, die Lippen überwuchernden Schnurrbart. Er trug keine Waffe, das fiel Dave als Erstes auf.

Der Kutscher erstattete atemlos Bericht; er wirkte dabei noch zerbrechlicher als sonst. Den Hut hielt er vor dem Bauch. Unablässig knetete er die Krempe. Bestimmt fühlte er sich schuldig. Dave konnte ihn gut verstehen.

Penny Dreadful verlor ziemlich sofort die Geduld. »Sir«, unterbrach sie den Kutscher, »der Junge hier braucht einen Arzt. Er hat einen Streifschuss. Könnten wir uns darum bitte zuerst kümmern?«

Der Sheriff wandte sich vom Kutscher ab. Er machte einen Schritt auf Dave zu.

Jedediah Smith, Geschäftsmann, schoss es Dave durch den Kopf, aber das alles wollte der Sheriff gar nicht wissen.

»Schaffen wir ihn rein«, sagte er stattdessen zu Penny und beugte sich dann zu ihm herab.

»Ich bin der Sheriff hier, Junge«, sagte er, als wüsste Dave das nicht. »Sam Finney heiße ich. Wir kümmern uns um dich.« Und dann fasste er ihn am Arm und ein paar Augenblicke später lag Dave auf einer Pritsche im Sheriffbüro.

Außer der Pritsche gab es hier noch einen Schreibtisch, einen

Sekretär, ein paar Stühle und einen Gewehrschrank. Nebenan, hinter einem deckenhohen schwarzen Eisengitter, lag das Gefängnis: zwei Zellen, wiederum von Eisenstäben getrennt, und beide Zellen waren leer.

Es war alles ganz anders, als Dave es sich vorgestellt hatte. Sheriff Finney stellte keinen Suchtrupp zusammen, er ernannte auch keine Hilfssheriffs und der Gewehrschrank blieb verschlossen. Stattdessen ging er selber den Arzt holen. Und als der Arzt kam – Doktor Higbie, ein dicker Mann mit einem ungepflegten Bart, der sich bloß schnell das Nachthemd in die Hose gestopft hatte –, nahm Finney am Schreibtisch Platz und begann, die Aussage des Kutschers zu protokollieren.

Der Kutscher saß dabei auf der vorderen Stuhlkante und schwitzte. Einiges von dem, was er sagte, bekam Dave nicht mit, denn auf Higbies Geheiß musste er sich aufsetzen, er musste das Hemd ausziehen, und der Doktor murmelte unaufhörlich vor sich hin, während er den Verband löste.

Die Spendengelder – so viel immerhin verstand Dave – waren für die Unionsarmee bestimmt gewesen, Gegner der Sklaverei aus San Francisco hatten sie gesammelt, und eigentlich hatte die Sammlung in Virginia City fortgesetzt werden sollen. Wie viel Geld in der Eisenkiste gewesen war, erfuhr Dave nicht; dafür erfuhr er etwas anderes: Ihre Kutsche war nicht die erste, die auf dem Weg nach Virginia City ausgeraubt worden war.

»Nur ein Arm? Ein Mehlsack über dem Kopf?« Kaum hatte der Kutscher dazu angesetzt, den Räuber zu beschreiben, schlug Sheriff Finney mit der Faust auf den Tisch. »Verdammt!«, rief er. »Schon wieder!« Dann sah er den Kutscher aus schmalen Augen an, die umso schmaler wirkten, weil Finneys eisgraue Brauen so buschig waren wie sein Bart. »Ihr habt einen Spion bei euch in der Kompanie sitzen, das sage ich euch! Woher weiß der Kerl sonst, wann ihr Spendengelder transportiert und wann nicht?«

Einen Augenblick lang – gerade als Doktor Higbie ihn bat, den Arm zu heben, damit er besser an die Wunde käme – glaubte Dave sogar, dass Finney den Kutscher verdächtigte, selbst dieser Spion zu sein, aber offenbar täuschte dieser Eindruck. Finney jedenfalls ließ vom Kutscher ab, der ohnehin ein Bild des Elends abgab, wie er da auf der Stuhlkante hockte, und wandte sich Curry zu – offenbar auf der Suche nach jemandem, der ihm in seiner Empörung beispringen würde: »Drei Überfälle in drei Monaten!«, fluchte er. »Jedes Mal der gleiche Kerl! Und jedes Mal nachher keine Spur!«

Es hielt Finney nicht mehr auf dem Stuhl. Er sprang auf und verschaffte sich mit ein paar Schritten Luft. »Es könnte einer von den Wegelagerern sein, die drüben am Teufelsfelsen lauern, auf dem Weg nach Virginia City. Bin ein Dutzend Mal da gewesen seitdem. Aber, zum Teufel, keinem von denen fehlt ein Arm!« Die Absätze von Finneys Stiefeln knallten auf dem Dielenboden wie Gewehrfeuer. Plötzlich fuhr er herum. »Und er hat auf den Jungen geschossen?«

Dave spürte seinen zornigen Blick und sah zugleich aus dem Augenwinkel – am dicken Bauch Doktor Higbies vorbei –, wie Edmund Curry rot anlief.

Der Doktor hob zum ersten Mal die Stimme. »Ich glaube kaum, Sam, dass das hier von einem Gewehr stammt.« Er wies auf Daves Wunde, deren Ränder er gerade mit irgendeiner Tinktur begossen hatte. »Ein kleiner Revolver, würde ich sagen.«

Auf einmal war es still im Raum – bis sich Penny Dreadful räusperte, was wiederum Edmund Curry dazu brachte, endlich den Mund aufzumachen. »Es war *mein* kleiner Revolver, Sir«, sagte er kleinlaut. »Ich habe den Banditen verfehlt.«

Einen Augenblick lang hing dieser Satz im Raum. Sheriff Finney und Doktor Higbie starrten Curry an; Dave wusste so wenig wie Penny oder der Kutscher, wo er hinsehen sollte.

Der Sheriff, eben noch empört, wirkte jetzt entgeistert. »Mein Gott!«, stieß er schließlich hervor. »Haben Sie noch mal geschossen? Haben Sie ihn wenigstens verwundet?« Er warf einen Blick zu Dave hinüber. »Den *Banditen*, meine ich?«

»Er hat mich niedergeschlagen, Sir. Mit dem Gewehrkolben.« Entschuldigend wies Curry auf seine blutunterlaufene Wange.

»So, so.« Finney wurde plötzlich einsilbig. Er kehrte an seinen Schreibtisch zurück und griff nach seiner Feder. »Dann nehme ich jetzt Ihre Personalien auf. Name?«

»Curry«, sagte Curry.

»Vorname?«

»Edmund.«

»Gebürtig aus?«

»Clinton, Mississippi.«

»Beruf?«

»Ähem.« Curry räusperte sich.

»Ja?«, fragte Finney nach.

»Schriftsteller«, sagte Curry leise.

»So?« Doch Finney hielt nur einen Moment inne. »Und was ist Ihnen gestohlen worden? Der Kerl hat das Geld genommen, ja? Wie viel?«

»Also …« Curry stockte schon wieder.

»Ja?«

»Sechs Dollar und vier Cent, Sir.«

»Bitte?« Der Sheriff sah von dem Blatt auf, auf das er Currys Antworten notiert hatte. »Mehr Geld hatten Sie nicht bei sich?«

»Es sind magere Zeiten, Sir«, sagte Curry, und Dave entging nicht, dass Penny Dreadful still in sich hineinlächelte. Edmund Curry war offenbar ziemlich pleite, und sogar Doktor Higbie, der schnaufend mit dem neuen Verband hantierte, musste grinsen.

Danach war Penny Dreadful an der Reihe. Sie kam aus Springfield, Illinois, und nach einem Beruf fragte Finney erst gar nicht. Miss Dreadful waren 150 Dollar geraubt worden und dazu eine Brosche aus Silber mit einem schwarzen Schmuckstein, dessen Wert Miss Dreadful nicht beziffern konnte.

»Wahrscheinlich war er wertlos«, sagte sie und zuckte die Achseln.

Finney kritzelte und kritzelte, und als Dave an der Reihe war, hatte der Eifer des Sheriffs deutlich nachgelassen. Daves Herz klopfte dennoch wie wild, als er, immer noch auf der Pritsche sitzend und immer noch ohne Hemd, seine zur Hälfte erfundene Geschichte preisgab: David Kellen aus der Nähe von Strassburg, Kansas, zwölf Jahre alt und auf dem Weg zu seinem Onkel Jedediah Smith, wohnhaft in Salt Lake City. David Kellen: beraubt um 332 Dollar in Münzen und kleinen Scheinen.

Dave spürte Pennys prüfenden Blick, als er fertig war, vor allem aber war er erleichtert, dass Sheriff Finney die Feder zur Seite legte, ohne weitere Fragen zu stellen. »Ich nehme an, Sie reisen gleich weiter?«, fragte er in die Runde. »Wo kann ich Sie erreichen, falls wir den Kerl schnappen?«

Daves Herz fing sofort wieder an zu pochen. Würden Sie ihn jetzt nach Salt Lake verfrachten? Würde Sheriff Finney einen Brief an Jedediah Smith schreiben, den es gar nicht gab? Er warf Penny einen flehentlichen Blick zu. Er musste jetzt etwas sagen und stotterte los: »Ich … Sir … können wir nicht … noch etwas … in der Stadt bleiben?«

Finney sah ihn verständnislos, beinahe ärgerlich an.

»Vielleicht …« Dave wollte eigentlich weiterreden, aber er verstummte.

»Der Junge möchte einfach abwarten, Sir«, mischte Penny Dreadful sich ein. »Sein Onkel braucht das Geld. Er scheint kein sonderlich netter Mann zu sein.« Ihr Blick war unverwandt auf Finney gerichtet.

»Ja.« Finney zog das kurze Wort in die Länge. Er strich sich über den Bart. »Hören Sie …« – er sprach mit Penny, nicht mit Dave. »Ich werde morgen früh losreiten. Ich werde nach Spuren suchen, und vielleicht finde ich auch was, aber … Ich kann Ihnen keine allzu großen Hoffnungen machen. Wie gesagt, der Kerl ist uns schon zweimal entwischt und wir haben nicht den geringsten Anhaltspunkt. Früher oder später werden wir ihn schnappen, denn so viele Einarmige gibt es ja nicht in der Gegend. Aber bis dahin kann einige Zeit vergehen. Nichts, worauf sich zu warten lohnt …« Jetzt sah er doch Dave an.

Aber wenn Finney darauf gehofft hatte, dass Penny ihm nun beispringen und Anstalten machen würde, Dave von seinen Plänen abzubringen, so hatte er sich getäuscht. Penny schwieg den Sheriff eisern an.

»Hören Sie, ich könnte Sie hier in der Stadt im Hotel unterbringen. Aber …« Finney kratzte sich den Kopf. »Na ja, niemand von Ihnen hat jetzt noch Geld, oder? Wer soll das Hotel bezahlen?« Er sah in die Runde.

Doktor Higbie reichte Dave das Hemd und seufzte teilnahmsvoll.

»Wir kommen schon klar«, sagte Penny Dreadful unvermittelt und erhob sich so ruckartig, dass die Beine ihres Stuhls laut über den Dielenboden schabten. »Stimmt's, Mr Curry?«

Currys Brauen schossen in die Höhe. Einen Augenblick schien er verdattert. »Klar, kommen wir klar«, murmelte er dann. »Sie müssen sich nicht weiter bemühen, Mr Finney.« Er warf Penny Dreadful einen Blick zu und sah dabei aus wie ein geprügelter Hund, der auf Vergebung hofft. »Wir melden uns dann wieder bei Ihnen, Sheriff.«

5. Kapitel

Als sie das Büro des Sheriffs verließen, graute der Morgen. Die ersten Häuserfassaden wurden sichtbar, gleich gegenüber lag eine Pension. Dahinter falteten sich die Berge. Auf den Dielen unter dem Vordach klangen ihre Schritte seltsam hohl.

Curry, der vorausging, wollte gerade auf die Straße treten, als sich eine Gestalt aus dem Zwielicht löste.

»Sir?«, sagte die Gestalt.

Edmund Curry blieb stehen. Penny Dreadful fasste nach Daves Arm. Silver City schlief noch. Der Mann dort neben der Kutsche war allein.

»Ja, bitte?«, sagte Curry.

Der Mann kam näher. Er trug eine Melone auf dem Kopf. Der Anzug hing ihm mehr schlecht als recht von den schmalen Schultern. »Guten Morgen, Ma'am«, sagte der Mann und lupfte die Melone. »Junger Herr.« Er verbeugte sich leicht.

»Ja?«, sagte Curry wieder.

»Ich darf mich vorstellen?« Der Mann hatte einen schütteren Bart, und Dave fiel die sonderbare Art auf, mit der er sich den Hut wieder auf den Kopf propfte: Er legte die flache Hand auf die Rundung der Melone und drückte.

»Hiram McLoud«, sagte er, die Hand noch auf dem Hut. »Ich

bin Inhaber, Herausgeber und Chefredakteur der hiesigen Zeitung. Die *Argent News* – nur für den Fall, dass Sie noch kein Exemplar haben ergattern können. Nachrichten aller Art – aus Silver City, aus Nevada und – so sich das einrichten lässt – aus der ganzen Welt. Jeden Dienstag, Donnerstag und Samstag neu! Pünktlich. Verlässlich. *Argent* wie lateinisch *argentum*: Silber! Motto: *Semper idem* – stets dieselbe. Will sagen: Die *Argent News* bleibt sich und ihren Lesern treu.« Er verbeugte sich noch einmal, leicht die Melone lupfend, um sie sich gleich wieder auf den Kopf zu propfen.

»Interessant.« Curry rieb sich das Kinn. »Was verschafft uns die Ehre?«

Hiram McLoud, Inhaber, Herausgeber und Chefredakteur der *Argent News*, verschränkte die Finger, streckte die Arme vor und verlor sich für einen Augenblick in einer Art Dehnübung. »Also«, hob er bedächtig an, um plötzlich rasend schnell weiterzusprechen. »Wenn Sie sind, wer ich annehme, dass Sie sind, so lassen Sie mich vorausschicken, dass es mir einigermaßen unangenehm ist, Sie in einer solchen Situation – und zu dieser frühen Stunde! – zu behelligen! Sie haben gewiss – ich wage kaum, es mir vorzustellen! – Furchtbares hinter sich! Und doch! Was immer Sie erlebt und durchgestanden haben – der interessierte Leser hat ein Recht, es zu erfahren! Und die *Argent News* hat die Pflicht, schonungslos, unvoreingenommen und wahrheitsgetreu darüber zu berichten!« Irgendwie war es Hiram McLoud während dieses Redeschwalls gelungen, seine Finger aus ihrer Verschränkung zu lösen und einen einsamen Zeigefinger in die Luft zu recken, der dort auch noch verharrte, als Hiram McLoud mit seiner Rede zu Ende war.

»Ah so«, sagte Edmund Curry und trat auf die Straße. Er war etwa einen Kopf größer als Hiram McLoud. Er beugte sich ein Stück weit zu ihm hinunter. »Sie sprechen, wenn ich Sie recht verstehe, Mr McLoud, von dem … *Überfall*?«

»Exakt«, sagte McLoud und nickte beflissen.

»Und Sie wollen in Ihrer Zeitung darüber berichten?«

»Eben das«, sagte McLoud. Er nickte immer noch. Dann zückte er plötzlich einen Notizblock. »Lassen Sie mich zuerst Ihre Namen notieren. Am besten buchstabieren Sie sie gleich. Sie selbst, Sir, sind …?« Er sah zu Curry auf.

»Er – e – pe – o – er – te – e – er«, buchstabierte Edmund Curry.

Hiram McLouds Bleistiftstummel raste über den Block und hackte schließlich schwungvoll einen Punkt in das Papier. »Danke«, sagte McLoud und begutachtete das Geschriebene, was im Zwielicht nicht ganz einfach war. »*Reporter?*«, fragte er verdutzt. »Reporter? Ist das Ihr *Name*?« Er sah erneut zu Curry auf, wenn auch nicht so erwartungsvoll wie eben.

»Mein Beruf«, sagte Curry. »Edmund Curry, Reporter. Zu Ihren Diensten.«

Hiram McLoud fand einen Moment lang keine Worte. »Sie sind ein … *Kollege*?«

»Exakt«, sagte Curry. »Eben das.«

»Von der Konkurrenz?« McLoud zog den Kopf ein. »Vom *Territorial Enterprise* womöglich? Drüben, in Virginia City?« Diesmal benutzte er seinen Daumen. Der Daumen wies rückwärts die Straße hinunter, Richtung Norden.

»Nein, Sir«, sagte Curry. »Ich bin, wenn Sie so wollen …«, er strich ein Stäubchen von seiner Anzugjacke, »… zu haben.«

Hiram McLoud ließ den Notizblock sinken. Seine Überraschung schien in Enttäuschung umzuschlagen.

Dave, immer noch neben Penny, immer noch unter dem Vordach des Sheriffbüros, sah dem Mann mit der Melone fasziniert zu. Er vergaß sogar seine Wunde darüber, die, seit Doktor Higbie diese Tinktur draufgeschmiert hatte, ohnehin nicht mehr ganz so arg brannte. Was ging hier vor? Seit wann war Edmund Curry Reporter?

»Ich fürchte«, sagte Hiram McLoud, »ich verstehe nicht. Sie wollen die Berichterstattung der *Argent News*« – er holte tief Luft – »*behindern*?«

»Im Gegenteil«, sagte Curry so gut gelaunt wie seit dem Überfall nicht mehr. »Ich biete Ihnen einen exklusiven Augenzeugenbericht an. Von professioneller Hand verfasst.«

»Aha«, sagte McLoud spitz. »Und für welchen Preis, Mr Curry?« Er rieb seine Melone. »Die *Argent News* steckt noch in ihren Anfängen, müssen Sie wissen. Sie ist ein aufstrebendes Blatt, aber …« Hiram McLouds Zeigefinger schoss wieder in die Höhe. »… Honorare werden nur in den seltensten Fällen bezahlt. Will sagen: Die *Argent News* hat, äh, wenig Geld.«

Edmund Curry und Penny Dreadful wechselten einen schnellen Blick. Beinahe wäre er zu schnell für Dave gewesen, der eigentlich bloß Augen für Hiram McLoud und dessen Melone hatte.

Curry räusperte sich. »Mr McLoud, ich will meiner Reportage nicht vorgreifen, aber zu den unmittelbaren Folgen des Überfalls auf diese Postkutsche zählt, dass unsere kleine Schicksalsgemeinschaft hier« – er wies auf Penny und Dave – »vorübergehend mittellos ist.«

»Oh«, sagte Hiram McLoud.

»Ich mach's also kurz«, sagte Curry. »Ich habe einen Vorschlag für Sie: Sie beherbergen mich, die bezaubernde Miss Dreadful dort und den jungen Dave Kellen in den Redaktionsräumen der *Argent News*. Und ich stelle mich dafür in Ihren Dienst – und zwar so lange, wie wir Ihre Gastfreundschaft in Anspruch nehmen. Kost und Logis für uns; und Edmund Currys edle Feder für Sie. Ich schreibe über alles, Mr McLoud. Mir ist nichts Menschliches fremd. Und den Anfang macht meine weltexklusive Reportage über den EINARMIGEN BANDITEN. Na? Wie wär das?«

Die Sonne blinzelte über den Hügeln; es war Tag. In der rechten Hand trug Edmund Curry seine Reisetasche, über seiner linken Schulter hing Daves Bündel. Hiram McLoud keuchte, Penny Dreadfuls Schrankkoffer, den er hinter sich herzog, war offenbar schwer. Penny hatte Dave untergehakt, und so erreichten sie die High Street, die parallel zur Main Street verlief. In Silver City gab es nur zwei größere Straßen.

Das Büro der *Argent News* war in einem einstöckigen Gebäude untergebracht, von dessen Bretterfassade die weiße Farbe platzte. Über der Tür hing ein etwa zwei Fuß langes Schild, auf dem in roten Großbuchstaben *ARGENT NEWS* geschrieben stand und etwas kleiner darunter, in schwarzen, ungelenken Pinselstrichen: *Inhaber: H. McLoud.*

Die Tür knarrte jämmerlich.

Dave hatte noch nie eine Zeitung von innen gesehen, aber kaum hatte er einen Fuß über die Schwelle gesetzt, traf ihn die Erschöpfung wie ein Fausthieb. Um neugierig zu sein, war er schlicht zu müde. Seine Wunde brannte wieder arg, seine Lider waren plötzlich bleischwer und er musste sich auf Penny stützen.

Er erkannte eine gusseiserne Druckerpresse mit einem Hebel wie ein Pumpenschwengel; er sah die Setzkästen an der Wand über einem langen, mit Druckerschwärze verschmierten Tisch und einen Herd, auf dem eine reichlich verbeulte Kaffeekanne aus Blech stand. An die Wände hatte Hiram McLoud großformatige Blätter gepinnt, alte Ausgaben der *Argent News*, die offenbar nur aus einem einzigen Blatt bestand. Auf einem Schreibtisch stapelten sich Bücher und Papiere; auf den beiden Stühlen, die es gab, konnte niemand sitzen, weil Hiram McLoud Kartons auf ihnen gestapelt hatte.

»Willkommen im Herzen von Silver City«, sagte McLoud, ließ sich erschöpft auf Pennys Schrankkoffer plumpsen und wischte sich mit einem fleckigen Taschentuch die schweißbedeckte Stirn. »Ich nehme an, beim *Mississippi Daily* sah es so ähnlich aus, Mr Curry? Wie lange, sagten Sie, waren Sie dort beschäftigt?«

Curry stand mitten im Raum, die Hände in die Hüften gestützt, und ließ die Blicke schweifen. »Äh, ja«, sagte er geistesabwesend. Vermutlich hatte er seinem neuen Arbeitgeber auf dem Weg her vom *Mississippi Daily* erzählt. Dave hörte den Namen zum ersten Mal.

»Zwei Jahre war ich dort«, murmelte Curry, wobei sich Dave nicht ganz sicher war, ob es den *Mississippi Daily* überhaupt gab. War Curry wirklich ein Reporter? Gut möglich, dass der Zeitungsmann Edmund Curry so erfunden war wie der Geschäftsmann Jedediah Smith.

»Mr McLoud«, sagte Penny Dreadful, »dieser Junge muss ins Bett!«

»Natürlich!« Hiram McLoud sprang auf, bemüht, seine dem erheblichen Gewicht des Koffers geschuldete Pflichtvergessenheit schnell wieder wettzumachen. »Hier drüben, Miss!«, rief er. »Gleich hinter der Tür.«

Er führte sie durch den großen Raum mit der Druckerpresse in einen schmalen Gang, in dem sich alte Ausgaben der *Argent News* stapelten. Dahinter lagen zwei weitere Zimmer, von denen eines ganz offensichtlich sein eigenes Schlafzimmer war.

»Hier kannst du dich ausruhen«, sagte er zu Dave und wies auf ein zerwühltes Bett. Bis auf einen klapperigen Schrank und einen von Papieren übersäten Nachttisch war der Raum leer. Ein Trampelpfad führte von der Tür zum Bett, der restliche Dielenboden war mit einer soliden Staubschicht bedeckt.

»Danke«, sagte Penny auf eine Art und Weise, die Hiram McLoud gleich darauf Reißaus nehmen ließ.

»Ich, äh … kümmere mich dann mal um Mr Currys Reportage«, sagte er und war gleich verschwunden, die Hand auf dem Hut, den er immer noch trug.

Penny half Dave beim Ausziehen. Es tat ihm weh, den rechten Arm zu heben, und als Penny das merkte, sagte sie kurzerhand: »Lass das Hemd an!« Sie schüttelte das Kopfkissen und die Bettdecke auf, stopfte das Laken unter der Matratze fest und dann lag Dave auch schon flach und sie deckte ihn zu. Er sank ins Kissen, auf einmal tat ihm der ganze Körper weh.

Draußen war es heller Tag.

»Vorhänge gibt's hier wohl nicht«, sagte Penny und verhängte das Fenster mit ihrem Schultertuch.

In diesem Moment wurde für Dave wieder lebendig, was in der Nacht geschehen war. Der Sheriff, der Doktor, Hiram McLoud und die *Argent News* – das alles hatte sich vor das Eigentliche geschoben, den einarmigen Banditen und das Geld. Er konnte unmöglich einschlafen! Er sah den Banditen wieder vor sich, den leeren Ärmel, den grässlichen Sack und den grässlichen Strick; er dachte an Amy und Stick und Virginia City und spürte auf einmal einen entsetzlichen Druck auf der Brust, so schwer, dass er kaum noch atmen konnte.

»Schsch«, machte Penny, so wie draußen, in der Nacht, als der Bandit vor ihnen gestanden hatte, das Gewehr im Anschlag.

»Schsch«, machte sie wieder, nur saß sie jetzt auf der Kante seines Betts.

»Kriegen wir die Sachen wieder?«, fragte Dave. Er flüsterte. Er wusste selbst nicht, warum.

»Ich weiß es nicht«, sagte Penny. Sie strich ihm über die Stirn. »Es ist nur Geld, Dave. Vergiss das nicht. Es ist nur Geld.«

»Aber … ich brauch es.« Am liebsten wäre er aufgesprungen. »Mein Onkel braucht's, meine ich. Er … Sie kennen ihn nicht!« Das klang hoffentlich vielsagend genug.

»Mr Smith«, sagte Penny leise.

»Ja«, flüsterte Dave.

Sie nahm seine Hand. »Wir werden sehen«, sagte sie.

»Glauben Sie, Miss, dass der Sheriff ihn kriegt?« Dave wollte, dass sie Ja sagte. Aber er wollte nicht, dass sie Ja sagte, um ihm einen Gefallen zu tun.

»Ich weiß es wirklich nicht.« Sie stopfte seine Hand unter die Bettdecke. »Vielleicht ist der Sheriff ja schon unterwegs. Wenn er zurückkommt, werden wir uns erkundigen. Und vielleicht können Mr Curry und ich dir helfen. Mr Curry hat etwas gutzumachen, oder nicht?« Sie lächelte, wenn auch nicht sehr überzeugend. »Tut es noch sehr weh?«

»Gar nicht«, sagte Dave, auch wenn das nicht stimmte.

»Das ist gut«, sagte Penny. »Meinst du, du kannst schlafen?«

Er sah sie an. Sie konnte nicht viel älter als Curry sein und wirkte doch so viel erwachsener. »Ich will's versuchen, Miss«, sagte er leise. »Vielleicht …« Er traute sich nicht, weiterzusprechen.

»Vielleicht – was?«

»Vielleicht … wenn Sie … noch ein bisschen hier sitzen bleiben, Miss?« Seine Stimme wurde immer leiser. Dave wurde rot.

Aber Penny Dreadful nickte.

Sie zupfte noch mal an der Bettdecke.

Obwohl das gar nicht nötig war.

6. Kapitel

Hiram McLoud stand in Hemdsärmeln und Melone an der Druckerpresse. Curry hockte an McLouds übervollem Schreibtisch. Wie über einen Pferdehals beugte er sich über ein Blatt Papier und schrieb wie wild. Dave stand, bloß im Hemd, in der Zwischentür. Durch die Fenster an der Straßenseite fiel das helle Licht des Tages. Abertausende Staubkörnchen tanzten im Raum.

»He, Junior! Wieder wach?« Curry hatte ihn bemerkt.

Penny war nirgends zu sehen.

Dave rieb sich die Augen. Den anderen Arm konnte er nur schlecht heben. Die Wunde tat dann weh.

»Schau mal!« Curry sprang auf. »Wir haben die Seite 1 für morgen schon fertig!«

Mit langen Schritten kam er auf Dave zu und gab ihm das großformatige Blatt. *ARGENT NEWS* stand in großen Lettern ganz oben. Darunter stand:

Hiram McLoud, Herausgeber
No. 33 High Street
Semper idem

»Auf diesen blöden lateinischen Spruch will er einfach nicht verzichten.« Curry grinste zu McLoud hinüber. »Ich hab ihm gesagt: Das ist kein Land für Latein. Aber er ist ein Sturkopf.«

»Vor allem, Mr Curry«, sagte Hiram McLoud und legte sein ganzes Gewicht auf den Hebel der Druckerpresse, »bin ich Ihr Chefredakteur.« Er stöhnte vor Anstrengung.

»Kann sein, kann sein.« Curry strich Dave über den Kopf. »Aber eine Zeitung lebt nun mal vom Widerspruch. Wir müssen uns streiten, McLoud. Zum Wohle des Blatts! *Semper idem! Immer dasselbe!* Mein Gott! Kein Mensch will immer bloß dasselbe lesen.«

»Das ist auch nicht gemeint«, keuchte Hiram McLoud, halb auf dem Pumpenschwengel der Druckerpresse liegend. »Und das wissen Sie auch ganz genau! Aber selbst wenn! Es gibt nichts Neues unter der Sonne, Mr Curry. So steht es schon in der Bibel. Gewisse Dinge dürfen sich wiederholen. Das beruhigt. Und entspricht obendrein der Wahrheit! Letztlich …«, er kramte sein fleckiges Taschentuch hervor und wischte sich die Stirn, »… ist das ganze Leben eine einzige Wiederholung des Immergleichen.« Er zeigte, das Taschentuch noch in der Hand, auf die Druckerpresse. »Wie Sie an mir sehen können.«

Aber Curry hörte schon gar nicht mehr zu. »Na, wie gefällt dir das?«, sagte er zu Dave und wies auf die Zeitungsseite. Die Schlagzeile lautete: *DER EINARMIGE BANDIT SCHLÄGT WIEDER ZU! SCHIESSEREI MIT* ARGENT-NEWS-*REPORTER!* Darunter stand: *Von Edmund M. Curry.*

Dave wollte den Artikel lieber nicht lesen. »M?«, fragte er, um abzulenken. »Edmund *M* Curry?«

»Klingt ganz gut, oder?«, sagte Curry.

»Wofür steht das M?«, fragte Dave.

»Hm.« Curry zuckte die Achseln. »*Mitte?* Vielleicht. Oder …« Er grinste unverschämt. »*Macht nichts?*«

Drüben an der Druckerpresse murmelte Hiram McLoud etwas ganz und gar Unverständliches.

Curry beugte sich schon wieder über die Zeitung. »Schau, und wie findest du das?«

Er meinte den Artikel am Fuß des Blatts: *JANE WOODY UND IHR SPAZIERENDER STIER. Von Edmund M. Curry*

Dave rieb sich wieder die Augen.

»Eine Reportage aus Dayton, Nevada, fünf Meilen von hier«, sagte Curry und zwinkerte ihm zu. »Da ist einer Mrs Woody doch glatt ein Stier ins Bett gefallen. Einfach durchs Dach gebrochen und – krach! – lag er in ihrem Federbett. Mr McLoud kannte die Geschichte noch gar nicht.«

Im Gegensatz zu Hiram McLoud kannte Dave die Geschichte sehr wohl – wenn auch ein bisschen anders. War der Stier nicht eigentlich eine Kuh gewesen? Und wohnte Mrs Woody statt in Dayton nicht in Kansas?

Curry wurde plötzlich ernst. »Was macht deine Wunde, Junior?«, fragte er.

»Besser«, sagte Dave. Eigentlich war er bloß aufgewacht, weil er sich im Schlaf umgedreht und auf die verwundete Seite gelegt hatte. Der Schmerz hatte ihn geweckt. »Wo ist Miss Dreadful?«, fragte er.

»Ein paar Sachen einholen«, meldete sich Hiram McLoud, der von der Druckerpresse an den Herd gewechselt war und dort jetzt mit der zerbeulten Kaffeekanne hantierte. »Gleich gibt's was zu essen, mein Sohn, und dann machen sich Mr Curry und ich an die Seite 2. Mal sehen, Curry, ob Sie auch ein Händchen für Wirtschaftsnachrichten haben.«

»Wirtschaft!«, schnaubte Curry eine gute Stunde später verächtlich, draußen auf der Straße, im heißen, staubigen Wind. Sie spazierten die High Street hinauf, an den hohen, schmalen Bretterfassaden der Häuser vorbei. Hinter den Fassaden verbarg sich oft nur ein einstöckiges Gebäude, nicht viel mehr als eine große, eilig zusammengezimmerte Kiste.

In der Zwischenzeit war Penny zurückgekehrt, Hiram McLoud hatte Eier und Speck gebraten, und sie alle hatten gegessen – aus Blechnäpfen, weil es in der Redaktion der *Argent News* keine richtigen Teller gab. Dave hatte Milch dazu getrunken, und es hatte eine ganze Weile gedauert, bis ihn die alte Unruhe eingeholt hatte.

Der Sheriff sei am Morgen aufgebrochen – diese Nachricht hatte Penny aus der Stadt mitgebracht.

»Meinen Sie, dass er den Räuber schnappt?« Dave hatte seine Schüchternheit überwunden und Hiram McLoud gefragt.

»Sollte eigentlich nicht so schwer sein, einen Einarmigen zu finden.« Hiram McLoud hatte in seinen Eiern mit Speck gestochert und die Stirn dabei in so tiefe Falten gelegt, dass die Melone auf seinem Kopf einmal hin- und herruckte. »Aber wenn du mich fragst: Das weiß der Bandit auch. Wahrscheinlich versteckt er sich deshalb irgendwo in den Bergen.« Er hatte sich einen Brocken Ei in den Mund gestopft. »Aber irgendwann …«, McLoud kaute, »… braucht der Kerl auch mal was. Eier. Kaffee. Munition. Und dann muss er in eine Stadt. Augen offen halten, würde ich also sagen.«

Hiram McLoud schluckte das zerkaute Ei hinunter. Dann fügte er hinzu: »Es sei denn, der Kerl hat mittlerweile genug erbeutet. Drei Kisten mit Spendengeldern, dazu das Geld, das er euch abgenommen hat. Vielleicht reicht ihm das und er ist schon über alle Berge. Nach San Francisco oder Gott weiß wohin. In diesem Fall, Dave, siehst du dein Geld nicht wieder, so leid mir das tut.«

Draußen auf der High Street sah Dave ausschließlich Arme. Er interessierte sich für nichts anderes. Doch wer immer ihm auch entgegenkam, hatte zwei: abgerissen wirkende Minenarbeiter mit struppigen Schnurrbärten und verkrusteten Stiefeln; backenbärtige ältere Herren in schwarzen Anzügen; Botenjungs mit offenen Hemden und Strohhüten auf dem Kopf, die Dave abschätzige Blicke zuwarfen und dann mit wichtiger Miene weitereilten; ein Chinese im Kittel, der gleich darauf in *No. 45 High Street* verschwand, einem schlichten einstöckigen Holzhaus, an dessen Fassade ein Schild hing, auf dem *Si Yap, Wäscherei und Plätterei* geschrieben stand. Dave sah dem Chinesen neugierig nach, obwohl er unzweifelhaft zwei Arme hatte.

Als ein sechsspänniges Fuhrwerk an ihnen vorbeirumpelte, zog Curry Dave zur Seite und sie warteten am Straßenrand, bis sich die mächtige Staubfahne gelegt hatte. Danach gingen sie weiter und Curry setzte seinen Monolog ungerührt fort.

»Wirtschaft!«, murrte er wieder. »Als würde es irgendwen interessieren, ob Mr XY jetzt zehn oder zwanzig Fuß von Silbermine A oder Silbermine B gekauft hat. Mein Gott, Zahlen! Zahlen fehlt alle Dramatik. Und Witz haben sie auch keinen, Dave. Tausend Dollar sind nicht witzig. Allerdings: Tausend Dollar, die man nicht hat, können witzig sein. Ich meine, als *Story* betrachtet.« Offenbar war ihm eingefallen, dass Geld, wenn man mit Dave sprach, nicht das allerbeste Thema war.

Tatsächlich war Dave schon zusammengezuckt, als Curry von den Silberminen angefangen hatte. Denn Mr XY, das war ja Stick, der alles, was er besaß – alles, was alle Kellens besaßen –, für ein paar Fuß einer Silbermine hergeben wollte. Ihretwegen war Dave hier. Ihretwegen war er eineinhalbtausend Meilen weit gefahren und hatte Amy und den kranken Bob allein gelassen. Ihretwegen hatte er sich von Edmund »*Macht nichts*« Curry anschießen lassen.

Auf einmal war Dave doch wütend auf Curry. Nicht weil der ihn verwundet hatte, sondern weil Curry für das allermeiste bloß Hohn und Spott übrig hatte.

»Der Stier«, hörte sich Dave plötzlich sagen, »war ja gar kein Stier, sondern eine Kuh. Und Mrs Woody wohnt in Wahrheit in Kansas.«

Curry blieb stehen. Er sah auf Dave hinab und rieb sich das Kinn, wie er es oft tat.

»Junior«, sagte er langsam, »woher willst du eigentlich wissen, ob die Geschichte *überhaupt* wahr ist?«

Dave wurde rot und noch wütender, aber zu sagen wusste er nichts.

Curry legte ihm die Hand auf die Schulter. »Komm, Junior«, sagte er. »Wir müssen diese Wirtschaftsnachrichten unbedingt noch ein bisschen aufpeppen. Wir lassen uns jetzt einfach von irgendwem eine nette Geschichte erzählen.«

Irgendwie fanden sie den Weg zur Kirche, deren Bretterturm wie ein Förderturm aussah. Die Kirche war aus dunklem Holz, nicht besonders groß und von der Sonne wie ausgetrocknet. Der staubige Vorplatz lag im Schatten des Turms.

Curry wurde gleich von der Neugier gepackt. »Mal sehen«, sagte er und einen Augenblick später lag er im Dreck. Denn kaum hatte er die Kirchentür erreicht, kam ein halbes Dutzend Schweine aus der Kirche gestürmt und holte ihn von den Beinen.

Dave sah den Schweinen verdutzt nach, wie sie über die 1st Street in westlicher Richtung zur Main Street galoppierten. Wem immer sie gehörten, derjenige gab nicht sonderlich auf sie acht.

Curry blieb einen Moment auf dem Hosenboden hocken. »*Argent-News*-Reporter von Frischfleisch attackiert«, brummte er und musste dann grinsen. Er rappelte sich auf und klopfte sich den Staub von der Hose. »Aber eine Tiergeschichte haben wir schon im Blatt, Junior.« Er klopfte sich den Staub vom Ärmel. »Eine Tiergeschichte braucht man immer. Allerdings nur eine, Junior, nicht zwei. Ob da noch mehr Rennschweine drin sind?« Er lugte in den Kirchenraum und schon war er verschwunden.

Dave folgte ihm zögernd.

In der Kirche war es finster. Glas war teuer, die Fenster waren deshalb klein. Es roch nach Staub und trockenem Holz und Schatten. Der Altar war kaum zu sehen, er lag im Dreivierteldunkel der Nordseite.

Dave war auf der Hut. Keinesfalls wollte er von einem Schwein, das den Anschluss verpasst hatte, umgerannt werden. Allein die Vorstellung, auf seine Wunde zu fallen, trieb ihm den Schweiß auf die Stirn. Weil er so wenig sah, lauschte er. War da nicht was? Ein Röcheln? Grunzen? Er drückte sich in eine der Bänke, um ja keinem flüchtenden Schwein den Weg zu versperren. Er hielt nach Curry Ausschau – und dann hörte er ihn.

»Mein Gott! Müssen Sie mich so erschrecken?«, rief Curry.

Dave fuhr zusammen. Er erkannte Currys Silhouette, vorn, nicht weit vom Altar.

»Was machen Sie denn hier?«, fragte Curry – aber wen? »Schlafen Sie hier? In der Kirche?«

Dave wand sich aus der Kirchenbank und lief auf Curry zu.

»Junior, da bist du ja! Schau, wen ich gerade im Begriff bin kennenzulernen.«

Auf der vordersten Kirchenbank setzte sich ein Mann auf. Offenbar hatte er dort gelegen. Er musste geschnarcht habe – das war es, was Dave gehört hatte.

Er sah den Fremden an, und im ersten Augenblick glaubte er, der Mann hätte gar keine Arme.

Dann jedoch kamen gleich beide Arme zum Vorschein, unter einem dünnen Mantel, den sich der Fremde über die Schultern gehängt hatte.

Der Mann fuhr sich mit den Händen durchs Gesicht und schüttelte den Schlaf ab.

Dave konnte seine Schnapsfahne riechen. Und er roch noch mehr: säuerlichen Schweiß und seit einer Ewigkeit ungewaschene Kleider. Das spärliche Haar des Mannes stand zu Berge. Er war blass und unrasiert, die Haut zerknittert wie Papier.

Curry hatte seinen Schrecken lange überwunden. »Guten Tag, Mister«, sagte er. »Mein Name ist Edmund Curry. Ich bin der neue Reporter der *Argent News*. Und wer sind Sie?«

Der Mann brauchte eine ganze Weile, sich zu sammeln

oder richtig wach zu werden. »Tom Boggs«, sagte er schließlich. »Eigentlich kennt mich hier jeder.«

»Ach so«, sagte Curry und klang dabei irgendwie enttäuscht.

Der Mann musterte sie gleichgültig. »Ihr seid die Leute vom Überfall, ja?«

»Richtig«, sagte Curry. »Sie haben schon davon gehört?«

»Hat jeder«, brummte Tom Boggs.

»Und?«, fragte Curry. »Was erzählt man sich so?« Offenbar war seine professionelle Neugier geweckt.

»Nix erzählt man sich«, murmelte Boggs. »Ist wieder der Einarmige gewesen. Na! Ich kann ihn verstehen.«

»Bitte? Wen verstehen?«

»Den Einarmigen.« Boggs stieß heftig auf, dann tastete er nach etwas und stülpte sich schließlich einen rundum verbeulten Hut über den Schädel. »Tut mir leid, wenn ich das so sage, aber ich sag's jedem, der's wissen will. Mit ehrlicher Arbeit kommt man hier nirgendwohin. Und wenn man doch mal Glück hat, kommt einer und stiehlt's dir. Wenn ich das Zeug dazu hätte, ich würd auch Postkutschenräuber.«

Zu Daves Überraschung nahm Curry neben Boggs auf der Kirchenbank Platz. »Sie hatten wohl Pech, Mr Boggs, richtig?«

»Weiß Gott.« Boggs lehnte sich zurück. Aus seinen Kleidern stiegen neue säuerliche Schwaden auf. »Seid ihr gekommen, um nach Silber zu schürfen? Wollt ihr Anteile kaufen?«

»Nein, Sir«, sagte Curry und antwortete für sie beide, während Dave eine Gänsehaut bekam. »Wir gehören zur schreibenden Zunft, Mr Boggs. Statt selbst glücklich oder unglücklich zu sein, berichten wir über das Glück oder Unglück anderer Leute.« Er lachte, und Dave dachte an Stick und den Brief, den Stick geschrieben hatte. Wie viele solcher Briefe waren hier in Nevada wohl geschrieben worden? *Schickt Geld! Wir werden reich!*

»Sie waren im Silbergeschäft, Mr Boggs?« Curry fragte wie nebenbei, als würde er sich nach dem Wetter von gestern erkundigen.

»Weiß Gott«, sagte Boggs. »Und lange. *Zu* lange.« Er schnaufte. »Ich hatte die Hälfte der Schürfrechte an der Clemens Load, der Silberader drüben Richtung Washoe. Die haben sie mir für 400 Dollar abgekauft – mit vorgehaltener Waffe. Da kann man nichts gegen tun, wenn einer seine Verträge mit 'nem Colt unterzeichnet. Da hilft auch kein Sheriff nichts.«

»Und dann?«, sagte Curry.

»Habe ich neue Anteile gekauft.«

»Hier? In Silver City?«

»Nee, drüben in Virginia.«

Dave hörte atemlos zu.

»Aber die Mine war gesalzen.«

Dave verstand nicht.

»Sie meinen …«, sagte Curry.

»Ich meine, dass da nicht ein Körnchen Silber drin war«, schnaufte Boggs. »Die paar Brocken, die sie angeblich gefunden hatten, hatten sie vorher selber in der Mine verstreut. Salzen. So nennt man das. Und ich bin drauf reingefallen. Meine letzten 400 Dollar. Futsch.«

Dave musste schlucken. Er starrte Boggs an und glaubte Stick zu sehen, vor Elend stinkend und zu traurig, um länger als eine halbe Stunde nüchtern zu sein.

»Ja, und haben Sie den Kerl nicht verklagt, der Sie da übers Ohr gehauen hat?« Curry rückte ein Stück von Boggs ab. Vielleicht, weil Boggs so stank. Vielleicht, weil das Pech an ihm klebte.

»Verklagen!« Boggs lachte bitter auf. »Wen? Den geheimnisvollen Mr Smith? Der war doch längst über alle Berge mit meinem Geld. So hat er sich genannt: Smith.«

Dave zuckte zusammen. Sollte er sich je wieder einen Onkel ausdenken müssen, nahm er sich vor, dann würde er ihn Jones oder Jackson nennen oder besser noch Curry.

»Recht hat, wer sich Recht verschafft.« Boggs erhob sich abrupt. Er schwankte leicht. »Das können Sie ja mal in Ihrer Zeitung schreiben, Mr Reporter.« Er wollte sich an den Hut tippen und verfehlte die Krempe. »Und danke fürs Wecken. Nicht dass ich irgendwohin müsste.«

Tom Boggs hielt auf den Ausgang zu, Dave hörte seine tappenden Schritte leiser werden. Dann fiel die Kirchentür zu und es wurde still.

Curry saß breitbeinig in der Kirchenbank, den Blick auf den dunklen Altar gerichtet. »Da hat McLoud seine Wirtschaftsnachrichten«, sagte er. »Tom Boggs jedenfalls hat keinen müden Cent.«

Dave sah auf. »Sie könnten doch *seine* Geschichte aufschreiben«, sagte er. Es wäre nicht schlecht, dachte er, wenn Stick sie läse. Tom Boggs' Geschichte hatte eine Moral. Sie war lehrreich.

»Ach was!« Curry stemmte die Arme auf die Knie. »Zu traurig, Junior. Viel zu traurig.«

»Aber es ist eine wahre Geschichte«, beharrte Dave.

»Vermutlich.« Curry stand auf. »Aber so wie ich Mr Boggs einschätze, erzählt er sie jedem. Und selbst, wenn nicht. Diese Sorte Geschichte ist einfach nicht neu, Junior. Wahr oder gelogen, das ist am Ende gar nicht so wichtig. Alt oder neu hingegen, das schon. Weißt du, wenn einer eine gesalzene Mine gekauft und dann trotzdem Silber drin gefunden hätte: Das wäre eine Story gewesen!«

7. Kapitel

Stick Kellen
Virginia City
– postlagernd –

Das hatte Dave auf den Briefumschlag geschrieben – damit hatte er angefangen. Den Briefumschlag hatte er unter Hiram McLouds Schreibtisch gefunden und in einem unbemerkten Moment eingesteckt. Die Blätter und den Bleistift hatte er in dem schmalen Gang entdeckt, der sein Schlafzimmer vom Hauptraum mit der Druckerpresse trennte.

Der Rest war ungleich schwerer zu schreiben. Dave hatte schon einen vergeblichen Versuch hinter sich.

~~Lieber Stick~~
~~Ich bin in Silver City. Die Postkutsche ist überfalen worden. Das Gelt ist weg aber ich kriegs wieder~~
~~Dave~~

Dave hatte alles durchgestrichen und das Blatt zerknüllt. Nebenan hörte er Curry mit Hiram McLoud reden. »Wem gehören eigentlich diese streunenden Schweine, McLoud?«

Hiram McLouds Antwort ging in einem Quietschen und Rasseln unter. Anders als sein erster und einziger Reporter hatte der Inhaber, Herausgeber und Chefredakteur der *Argent News* zu tun.

> ~~*Lieber Stick*~~
> ~~*Komm nach Hause. Hol mich auf dem Weeg ab.*~~
> ~~*Ich bin in Silver City*~~
> ~~*Dave*~~
> ~~*Ich bin bei Hiram McLoud, No. 33 High Street*~~

Dave behielt die Tür im Auge. Er würde die zerknüllten Blätter verschwinden lassen müssen. Es war gefährlich, an Stick zu schreiben. Wenn jemand die Briefe entdeckte – Penny zum Beispiel –, käme alles raus. Dann würden sie ihn in die nächste Kutsche setzen und zu Stick schicken.

Dave lauschte. Curry und McLoud waren verstummt. Einer von beiden – bestimmt McLoud – klapperte mit den Bleilettern aus den Setzkästen. Die Seite 2 der *Argent News* entstand aus Aberhundert spiegelverkehrten Buchstaben. Der Abend rückte näher. Morgen war Donnerstag. Die Zeit drängte.

Es machte keinen Sinn, die Wahrheit oder auch nur die halbe Wahrheit zu schreiben. Dave musste Zeit gewinnen – wenigstens bis der Sheriff zurück war.

Oder bis der Einarmige auftauchte und der Sheriff ihn festnehmen konnte.

Dave brauchte Zeit, bis das Geld wieder da war.

Bis er wieder nach Hause konnte.

Bis er Stick holen und *dann* wieder nach Hause konnte.

Lieber Stick
Die Postkutsche muss reparirt werden. Der Schenkelstrang ist gerissen. Wenn er reparirt ist fahre ich weiter. Alles in Ordnung
Dave

Auf einmal hörte er wieder Stimmen. Das war Miss Dreadful! Penny war nicht da gewesen, als er und Curry zurückgekommen waren. Jetzt hörte er sie die Tür schließen. Sie begrüßte die Männer.

Dave sammelte hastig seine Sachen ein: die beiden zerknüllten Blätter, den Brief, den Bleistift, den Briefumschlag. Er hörte Schritte. Sie kamen näher. Er stopfte alles unter sein Kopfkissen und legte sich schnell darauf.

»Schläft er?« Pennys Stimme war ganz nah. Sie stand in der Tür zu Hiram McLouds Schlafzimmer, das jetzt Daves Schlafzimmer war.

Dave kniff die Augen zu und stellte sich schlafend.

»Er ist ganz schön fertig«, hörte er Edmund Curry sagen.

»Wenn er nur den Mund aufmachen würde.« Dave hörte Penny Dreadful seufzen. Er lag ganz still, aber sein Herz klopfte wild. Was wollte sie damit sagen: *den Mund aufmachen*?

»Er hat sich Ihnen nicht anvertraut, Mr Curry? In der Zwischenzeit?«

»Mit keinem Wort.« Curry schnaubte. »Er ist mindestens so verschwiegen wie Sie, Miss. Ich glaube, er würde sich eher die Zunge abbeißen, als von seiner Geschichte abzurücken. Mein Gott! Von Illinois nach Salt Lake City über Nevada! Er weiß nicht mal, was für einen Unsinn er uns da aufgetischt hat!«

Dave wurde es heiß und kalt zugleich. Sie wussten es! Wenigstens wussten sie, dass seine Geschichte nicht stimmte. Sie glaubten nicht an Jedediah Smith! Vielleicht glaubten sie nicht mal an die 332 Dollar.

»So dürfen Sie nicht reden, Mr Curry.« Penny Dreadful flüsterte. »Der Junge ist in Not. Und wir sind nicht ganz unschuldig daran. Wenn Sie nicht geschossen hätten … Wenn ich ihm nicht das Hemd aufgeknöpft hätte … Er würde sein Geld noch haben.«

Dave hatte die ganze Zeit die Luft angehalten, jetzt atmete er aus. Sie glaubten an das Geld. Wenigstens hielten sie ihn nicht für einen Betrüger.

»Ich weiß das, Miss. Glauben Sie mir.« Curry seufzte. »Ich würde es rückgängig machen, wenn ich könnte. Ich würde einiges dafür geben.« Er hielt inne. »Haben Sie etwas erreicht? Bei den Ladys mit reinem Herzen und gutem Gewissen?« Ein bisschen des üblichen Spotts kehrte in seine Stimme zurück.

Von was für Ladys war da die Rede?

»Ich bin bei einer Mrs Hill gewesen. Ihr Mann ist Anwalt.« Penny Dreadful sprach schnell. »Sie hat versprochen, eine Sammlung anzuregen. Aber sie glaubt nicht, dass sie so viel zusammenkriegen. Genug, um ihn nach Hause zu verfrachten, das schon. Wenn wir denn wüssten, wo das ist! Aber keine 300 Dollar. Zumal er ja auch gar nicht nachweisen kann, wie viel in seiner Geldkatze war. Sie würde gern selbst mit ihm sprechen, sagt Mrs Hill. Aber ich weiß nicht, ob wir ihn den Ladys zum Fraß vorwerfen sollen. Wahrscheinlich würden sie ihn nur verschrecken. Ihm mit einer Pflegefamilie kommen, wenn er nicht den Mund aufmacht. Insgeheim glaubt sie wahrscheinlich sowieso, dass er ein Waisenkind ist und von der Straße muss. Wenn Mrs Hill *christliche Nächstenliebe* sagt, klingt das wie eine Drohung.«

Curry lachte leise.

Dave lag steif auf dem Bett. Er versuchte, zusammenzusetzen, was er da gehört hatte, aber ihm rauschte der Kopf. Warum hatte Penny zu dieser Mrs Hill gehen müssen? Konnten sie ihn nicht in Ruhe lassen? Er brauchte doch nur ein bisschen Zeit! Wollten Penny und Curry ihn so schnell loswerden? Er würde auf gar keinen Fall zu dieser Mrs Hill gehen! Eher würde er abhauen. Aber auch das war ein schrecklicher Gedanke. Wo sollte er denn hin?

Ohne Geld.

Ohne *das* Geld.

»Und der Sheriff?« Edmund Curry klang etwas ratlos.

Penny kam näher. Dave hörte ihre Schritte. Sie beugte sich über sein Bett. Er hörte ihre Kleider rascheln. Sie strich ihm über den Kopf.

»Der Sheriff ist eine Pfeife«, sagte Penny Dreadful.

Die *Argent News* war fertig. Hiram McLoud hatte die Blätter fein säuberlich in zwei Pappkartons gestapelt.

Dave saß auf dem Schreibtischstuhl und zwang sich, Bohnen mit Speck zu essen. Er hatte keinen Hunger. Vom Geruch allein wurde ihm übel. Wenn Penny und Curry nicht hinsahen, warf er ihnen misstrauische Blicke zu. Wenn sie hinsahen, starrte er auf den Blechnapf, der einfach nicht leerer wurde.

Es kam Dave jetzt vor, als wären ihm seine Lügen auf die Stirn geschrieben. Er hatte darüber nachgedacht: Wer nach Salt

Lake wollte, fuhr offenbar nicht über Carson und Virginia City. So waren sie ihm draufgekommen. Er hatte einen bösen Onkel erfunden, der ihm den Hals umdrehen würde, wenn er ohne das Geld in Salt Lake erschiene, aber Penny und Curry wussten, dass es diesen bösen Onkel in Salt Lake überhaupt nicht gab. Dave schämte sich für jede Lüge, aber für diese besonders. Es war eine erpresserische Lüge gewesen, die ein Mitleid einforderte, das er nicht verdiente.

Penny und Curry ließen sich zwar nichts anmerken, aber auch das war schlimm. Kein Wort über Mrs Hill und die Ladys mit dem reinen Herzen. Kein Wort von Dave über den Brief an Stick und die zerknüllten Entwürfe in seiner Tasche. Er wollte die 332 Dollar zurück; er wollte mit Stick nach Hause. Aber wenn er noch einen Wunsch frei gehabt hätte, dann hätte er sich gewünscht, dass sie – er und Miss Dreadful und Mr Curry – keine Geheimnisse voreinander hätten. *Trau keinem*, hatte Bob zum Abschied gesagt. *Schau jedem unter die Haut!* Hatte Bob eine Ahnung, wie schwer das war?

»Warum verkaufen wir sie nicht gleich?«, fragte Curry über den Kartons.

»Die Ausgabe von *morgen*?« Hiram McLoud hielt sich die Melone, als stünde er im Wind.

»Ja, warum denn nicht?« Curry war seit zwei Tagen auf den Beinen, aber offenbar immer noch nicht müde. »Ich meine, wo sie jetzt fertig ist. Druckfrisch. Warum gehen wir nicht rüber in den Saloon und versuchen uns ein bisschen als Marktschreier, McLoud?« Curry grinste ihn an. »Stell ich mir ganz lustig vor. Wie Sie da so reinplatzen und mit der Zeitung wedeln. *Extrablatt! Extrablatt!*« Curry ahmte einen Zeitungsjungen nach.

»So eine Sorte Zeitung ist das nicht, Mr Curry«, sagte Hiram McLoud und zog die Nase kraus.

»Ach nein?« Curry grinste immer noch. »Kommen Sie, McLoud.« Er schnappte sich einen Karton. »Wir versuchen's einfach mal.« Er war schon an der Tür, zwinkerte Dave und Penny zu und dann war er draußen auf der dunklen Straße. Die Tür ließ er offen stehen. Es war spät, aber immer noch warm. »Hey, Mr Chefredakteur!«, rief Curry von draußen. »Wo bleiben Sie denn?«

Einen Augenblick lang stand Hiram McLoud einigermaßen ratlos vor dem zweiten Karton. Dann zuckte er seufzend die Achseln, nahm den Karton wie ein Baby in die Arme und folgte Curry. »Ob Sie freundlicherweise die Tür hinter mir schließen würden, Miss?«, fragte er auf der Schwelle. »Ich habe die Hände voll.«

Als Penny Dreadful die Tür schloss, hörte Dave ihn draußen in der Dunkelheit rufen. »Warten Sie, Mr Curry! Warten Sie auf mich!«

Pennys Hand lag noch auf der Klinke. Sie sah Dave an; Dave sah auf seine Bohnen.

»David«, sagte sie, und weil er ahnte, was jetzt folgen sollte, krampfte sich alles in ihm zusammen.

»Wir müssen reden«, sagte Penny und kam auf ihn zu.

Die Bohnen waren kalt. Die Speckbrocken, die an ihnen klebten, sahen wie Käfer aus.

Penny ging vor ihm in die Hocke, sie legte eine Hand auf sein Knie. War Curry mit Absicht rausgelaufen? Hatte er McLoud mit Absicht rausgelockt? Damit Penny freie Bahn hatte? Dave fühlte sich verraten und verkauft.

»Hör mal«, sagte Penny leise. »Ich weiß, dass du dein Geld wiederhaben willst, aber …« Sie suchte nach den richtigen Worten, aber es gab keine richtigen Worte. In Daves Ohren rauschte es. Seine Wangen glühten. Sie sollte den Mund halten. Sie hatte keine Ahnung. Sie wusste nichts! Sie sollte nicht reden!

»Es gibt keinen Mr Smith in Salt Lake City, David«, sagte Penny Dreadful. »Das weißt du und das weiß ich.«

Dave war entsetzt über das, was er tat, aber er tat es, ohne zu überlegen. Es tat sich wie von selbst. Er stieß den Napf von sich weg, als wären nicht Bohnen und Speck, sondern Pennys Worte darin – er sprang auf – erschrak über die Bohnen auf ihrem Kleid – und dann stürmte er zur Tür, riss an der Klinke, zerrte die Tür auf und sprang auf die Straße – bloß weg!

Sie hatte kein Recht, so zu reden! Sie hatte kein Recht, einfach so zu Mrs Hill zu laufen. Sie war doch selber schuld an allem. Sie hatte ihm doch das Hemd aufgeknöpft – und jetzt machte sie alles kaputt, wollte ihn zu Stick schicken oder zu den Ladys mit dem reinen Herzen, auf jeden Fall weg, bloß weg, ohne das Geld, sodass er nie mehr zurück nach Hause könnte!

Er rannte einfach drauflos, murmelnd und schimpfend, und beides tat gut: das Schimpfen und das Rennen – nicht mal die Wunde spürte er dabei. Die Nacht, die Bretterfassaden, die öde Leere Nevadas, alles flog jetzt an ihm vorbei, als könnte er alles einfach hinter sich lassen.

Auf einmal wusste er nicht mehr, wo er war. Bestimmt war er von der High Street abgebogen, in irgendeine Seitengasse, aber er war ja einfach gelaufen, ohne zu überlegen, wohin. Jetzt tat die Wunde doch weh, brannte, und er hielt sich den Arm, weil es ihm jedes Mal einen Stich in die Seite versetzte, wenn er ihn bewegte.

Dave sah sich um. Die Straße war still, nur da und dort ein Licht im Fenster, das seinen dürftigen Schein auf die helle, staubige Straße warf. Der Himmel war klar, die Sterne leuchteten und der Mond überzog die Nacht genau wie gestern mit einem silbrigen Schein.

Dave ging jetzt langsam, statt zu rennen, hörte sich keuchen und sah sich immer wieder um, halb, um sich zu orientieren, halb, weil er schon Gespenster sah – zwielichtige Gestalten im Schatten der Fassaden, wo auf den zweiten Blick gar niemand stand.

Er bog noch einmal ab, auf eine breitere Straße, die wahrscheinlich die Main Street war. Sicher war sich Dave allerdings nicht.

Da und dort war jetzt jemand unterwegs. Weiter vorn hörte er Stimmen – ein heiseres Lachen, ein lautes Wort –, auf der anderen Straßenseite kam ihm ein Mann entgegen, und Dave senkte den Blick und tat so, als würde er ihn gar nicht bemerken.

Ein paar Häuser weiter schwappte Licht auf die Straße. Kaum war Dave ein paar Schritte näher, hörte er auch schon den Lärm: Stimmen, Gläserklirren, Stühlerücken und das hohle, dumpfe Pochen schwerer Stiefel auf Holz.

Das war der Saloon! Dave wusste es, noch bevor er vor dem Haus stand:

Dixon's OLD CORNER
Wein, Spirituosen, Bier

Die Tür, von zwei hellen Fenstern flankiert, stand halb offen, und Dave glaubte, Hiram McLouds Stimme zu hören. Er dachte nicht länger nach, trat durch die Tür und lief vor eine Wand aus Licht und Rauch und Lärm.

Aus dem Krach stach eine Stimme – eigentlich ein formloses Brüllen – heraus. Sich umzusehen, blieb kaum Zeit: Da rechts war die Theke, hell erleuchtet und von Hockern gesäumt, links davon, über den ganzen Raum verteilt, Tische voller Männer, über deren Köpfen ein paar schäbige Deckenlampen baumelten.

Mitten im Raum stand Tom Boggs und brüllte. Mit krummem Rücken, in seinem verdreckten Mantel stand er da, beugte sich zu einem bärtigen Kerl an einem der Tische hinab und schrie ihn an.

Hiram McLoud oder Curry – keiner von beiden war zu sehen. Dave stand wie angewurzelt da, nach seinem Irrtum ratlos.

»Dubisses!«, schrie Boggs, jedenfalls war es das, was Dave verstand, denn das eine Wort vom nächsten zu scheiden, war Boggs nicht mehr fähig. Er war sturzbetrunken, reichlich unsicher auf den Beinen und furchtbar wütend. »Dassisdasschwein!«, schrie Boggs und fuhr jetzt einen dünnen Arm gegen den Mann aus – unmöglich zu sagen, ob er auf ihn zeigen oder ihn schlagen wollte. »Duhasmirdie … MINE … weggenomm!«, brüllte er und taumelte ein Stück zurück, und der bärtige Mann am Tisch lachte, was Boggs nur noch wütender zu machen schien.

Er fuhr herum und brüllte den nächsten Mann an. »Un' du … du … AUCH.« Boggs fuhr wieder den Arm aus, aber diesmal wollte er zuschlagen – nur verfehlte er den Mann, verlor das Gleichgewicht und plumpste dem ersten Mann, den er angepöbelt hatte, in den Schoß.

Der fand das plötzlich gar nicht mehr komisch, sondern stieß Boggs wuchtig weg. Boggs taumelte nach vorn, stolperte über den Mann, den er hatte schlagen wollen, und krachte bäuchlings auf die Tischplatte. Gläser stürzten um, fielen zu Boden, klirrten, zerbrachen; Boggs strampelte hilflos mit den Beinen, und sein Stiefel traf einen der Männer am Tisch, der aufschrie und sich die blutende Nase hielt.

»Aufhören!«, brüllte jemand von rechts, hinter der Theke, aber das zählte nicht, das kümmerte keinen.

Dave hat so etwas schon einmal erlebt, in Strassburg, vor zwei Jahren, als Viehmarkt war. Männer konnten Tiere werden und wie Hengste auf der Koppel aufeinander losgehen – oder eigentlich gar nicht wie Hengste, denn die Hengste hatte bessere Gründe. Die Männer in *Dixon's Old Corner* hatten überhaupt keinen Grund – vom betrunkenen, streitsüchtigen Boggs einmal abgesehen, der jetzt vom Tisch gerutscht war, auf dem Dielenboden hockte und weiter schrie: »Ihrhabt … SCHULD! Ihrhabt … SCHULD! Ihrseidalle … VERBRECHER!«

Die anderen prügelten wahllos aufeinander ein. Der mit der blutenden Nase schlug den, der Boggs gestoßen hatte. Dessen Nebenmann wiederum schlug den mit der blutenden Nase. Ein Dritter verpasste Boggs einen Tritt, aber Boggs hielt seinen Stiefel fest und brachte ihn zu Fall. Der Dritte fiel auf einen Vierten, der womöglich schlichten wollte, jetzt aber einen spitzen Ellbogen ins Gesicht bekam, wütend aufheulte und seine Wut an einem nächstbesten Fünften ausließ, dem Mann neben dem Mann mit der blutenden Nase.

Dann flog der erste Stuhl. Der Barmann wurde in die Hocker vor der Theke geschleudert, und Boggs, der wieder auf die Beine gekommen war, trat und schlug nach jedem, der in seine Nähe kam.

Dave hatte in diesem Augenblick einen verwirrend unpassenden Gedanken: Ihm fiel ein, dass er ja nicht mal Geld hatte, den Brief an Stick aufzugeben. Planlos trat er einen Schritt zurück und stieß – gegen Penny!

»Da bist du ja!« Sie flüsterte in sein Ohr und einen Moment lang lagen ihre Arme auf seinen Schultern und ihre Hände auf seiner Brust. »Ich hab dich gesucht.« Dann hob sie den Kopf, sah auf die prügelnden, wogenden Männer und zischte: »Idioten!« Flüchtig strich sie ihm über die Stirn. »Warte hier, hörst du? Rühr dich nicht vom Fleck!«

Miss Penny Dreadful, nicht viel größer als fünf Fuß, stürzte sich in die Menge und bahnte sich unbeachtet einen Weg an den Prügelnden vorbei bis zum anderen Ende des Raums. Was hatte sie vor? Was sollte das? Dave drückte sich an die Wand neben der Tür.

Dann hatte Penny ihr Ziel erreicht – ein schwarzes, reichlich schäbiges Piano, das Dave bisher überhaupt nicht bemerkt hatte.

Sie strich sich sogar noch das Kleid zurecht, bevor sie sich auf den Klavierhocker setzte, und dann schlug sie die erste Taste an. Der erste Ton verklang ungehört, ebenso der zweite, der dritte, aber schließlich wurde Pennys Spiel lauter, und als die ersten Männer innehielten – so wie man bei der Feldarbeit innehält, wenn der erste Regentropfen fällt –, begann Penny Dreadful zu singen.

Nach und nach wurde es still im Saloon, die Männer ließen die Fäuste sinken, starrten hinüber zum Klavier, ein paar von ihnen hielten sich sogar noch fest, hatten die Hand in irgendeinem Kragen verkrallt und ließen den Kragen vor lauter Überraschung nicht einmal los. Sogar Boggs war still und alle hörten Penny singen.

»Roll me over and turn me around
Let me keep spinning till I hit the ground
Roll me over and let me go
Riding in the rodeo …«

Dave war heillos verwirrt, er konnte den Worten kaum folgen und wurde doch mit jedem Vers ruhiger. Er verstand nicht genau, was Penny da sang, und verstand doch jedes Wort, weil … weil sie die Wahrheit sang, – das Leben war wirklich wie ein Rodeo. Alles, was er erlebt hatte, seit er aufgebrochen war, steckte in diesem Lied – oder es steckte in ihrer Stimme, die zugleich traurig und mutig klang und ihn zugleich traurig und mutig machte.

»Roll me over and turn me around
Let me keep spinning till I hit the ground
Roll me over and let me go
Riding free with the buffalo …«

Vielleicht ging es den Männern genauso. Alle standen sie still, mit ihren hängenden, nutzlosen Bärten, und hörten zu, und als Penny die letzte Note gespielt hatte, fingen sie an zu klatschen, als wären sie nicht eben wie Straßenköter übereinander hergefallen.

»Zugabe, Lady!«, kläffte einer von ihnen. Er hatte seinen Hut verloren und sein Kragen war zerrissen.

»Nichts da! Ende der Vorstellung!«

Alle schauten zur Tür: Auf der Schwelle stand Sheriff Finney, den Hut tief in der Stirn, einen staubigen Poncho über den Schultern und ein Gewehr im Arm. »Wer hat angefangen?«

Boggs saß wie ein Häufchen Elend auf dem von Gläsern, Scheren und herrenlosen Hüten übersäten Dielenboden. Seine Lippe war aufgesprungen und blutete. Die Blicke der Männer verrieten ihn.

Sheriff Finney brauchte vier krachende Schritte, bis er vor ihm stand. »Steh auf, Boggs!«, sagte er und dann hob er wieder den Blick und sah in die Runde. »Und ihr geht nach Hause. Alle!«

8. Kapitel

Es war Morgen, die Sonne stand schon hoch am Himmel und das Licht fiel grell in die Fenster. Draußen auf der Straße wirbelten Fußgänger, Reiter und Fuhrwerke den Staub zu dichten gelben Wolken auf, drinnen trudelten kleine Partikel von Sonnenfleck zu Sonnenfleck, vom Herd zu den Setzkästen, von den Setzkästen zur Druckerpresse und weiter zum überquellenden Schreibtisch, an dem heute morgen Penny Dreadful saß.

Sie hatte ein paar der Papierstapel beiseitegeschoben und sich ein leeres Blatt zurechtgelegt, das sie nun mit einer von Hiram McLouds Füllfedern beschrieb – nicht gerade in gestochener Schrift, aber doch in klaren geraden Linien.

Dave saß neben ihr und rieb sich die Augen. Penny hatte ihn lange schlafen lassen.

Edmund Curry und Hiram McLoud hatten Penny und Dave in der Nacht vor *Dixon's Old Corner* aufgelesen. Der Lärm hatte die beiden angelockt – sie waren in einem ganz anderen Saloon gewesen und von dort herbeigeeilt, die Pappkartons mit der druckfrischen *Argent News* noch unter dem Arm.

Hiram McLoud war untröstlich gewesen, dass Dave und Miss Dreadful Zeuge einer, wie er sagte, »barbarischen« Saloonschlägerei geworden waren; Curry hatte bedauert, in der *Argent*

News vom Samstag nun »aus zweiter Hand« über die Schlägerei berichten zu müssen. »Tom Boggs, sieh an«, hatte er gesagt, nachdem Penny in groben Zügen berichtet hatte, was geschehen war. »Vielleicht wird doch noch eine Story aus dem Kerl.«

Boggs saß zu diesem Zeitpunkt schon in einer der beiden Zellen des Sheriffbüros ein, so jedenfalls wusste es Doktor Higbie zu berichten, der gleich in den Saloon geeilt war, um Platzwunden zu nähen und mindestens eine gebrochene Nase zu richten. Dave hatte ihn ankommen sehen, das Nachthemd in die Hose gestopft, wie üblich.

Sie waren nicht schlafen gegangen nachher. Stattdessen hatte Hiram McLoud eine Laterne angezündet und Kaffee gebrüht, sie alle hatten zusammen im papierenen, knisternden Durcheinander der *Argent News* gehockt, und Dave hatte geredet – mehr geredet, so kam es ihm vor, als jemals zuvor in seinem Leben. Vielleicht war es Pennys Lied gewesen, das ihn zum Reden gebracht hatte – jedenfalls hatte er es noch im Ohr, als er anfing. Vielleicht war es aber auch, dass er erstickt wäre an seiner Geschichte, wenn er sie nicht erzählt hätte. Alles sprudelte aus ihm heraus, wirr und ungeordnet, sodass er wieder und wieder von vorn anfangen musste, die Geschichte vor der Geschichte erzählen und die Vorgeschichte zur Vorgeschichte – vielleicht hatte Curry recht und alle Geschichten hingen miteinander zusammen.

Dave erzählte von den Plains, den Masern, dem Grab am Fuß des einzigen Baums weit und breit, er erzählte von Stick, dem Silberfieber, dem Geld im Strumpf im Krug unter dem Bett, von der verrückten Kuh und Bobs gebrochener Schulter, von Amy am Herd und der Plackerei auf den Feldern und der Hütte mit dem Dach aus Grassoden. Er erzählte immer weiter – über Hiram McLouds teilnahmsvolle Seufzer, Currys Nachfragen und Penny Dreadfuls sanfte Ermunterungen hinweg –, und als er nach einer halben Ewigkeit fertig war, war sein Mund ganz trocken und es blieb lange still.

»Morgen schreiben wir an deine Brüder«, hatte Penny schließlich gesagt, und dann hatte sie die Männer dazu gebracht, McLouds zweites Bett in Daves Zimmer zu schaffen. Penny hatte bei Dave geschlafen und Dave waren gleich die Augen zugefallen. Er hatte noch einmal an Pennys Lied gedacht und dann daran, dass man irgendjemand trauen musste, weil es anders nicht ging. Dann hatte er tief und traumlos geschlafen, bis Penny ihn spät am nächsten Vormittag wachgerüttelt hatte.

Die Männer waren schon lange unterwegs, um die Zeitung zu verkaufen, und nur McLoud hatte einmal noch vorbeigeschaut. Er hatte an einem lauwarmen Kaffee genippt und erzählt, dass Mrs Hill, die Anwaltsgattin mit reinem Herzen und gutem Gewissen, einen offenen Brief an die *Argent News* richten wolle, um die in Silver City um sich greifende Gewalt anzuprangern. Danach war McLoud wieder verschwunden, die Hand auf dem Hut und in Eile.

Dave war erleichtert, dass Penny das Schreiben übernahm, und wenn er an seine eigenen Briefe dachte, diese mickrigen, zwei Zeilen langen Versuche, war er überrascht, wie viel Penny schrieb. Besonders ihr Brief an Bob schien kein Ende zu nehmen, und es standen Sätze darin, die Dave wie aus dem Herzen sprachen, ohne dass er je selbst auf sie gekommen wäre.

Es ist mir durchaus klar, Mr Kellen …, schrieb Penny, als

steckte eine wohltätige, fromme und etwas schmallippige Mrs Hill in ihr

> *… dass Sie einen großen und bedauerlichen Verlust erlitten haben. Sie haben viel Geld und mit dem Geld obendrein einen großen Teil Ihres elterlichen Erbes eingebüßt. Doch denken Sie bitte daran, dass Sie selbst dieses Geld aufs Spiel gesetzt haben. Verzeihen Sie mir diese deutlichen Worte, aber Ihr Bruder David ist ein sehr tapferer Junge, der Besseres verdient hätte, als mutterseelenallein, mit einer großen Summe Geldes ans Ende der Welt zu reisen. David gehört nach Hause, wo Sie und Ihr Bruder auf ihn achtgeben müssen, bis er groß genug ist, auf sich selber aufzupassen. Mit gleicher Post schreibe ich Ihrem Bruder Stick und bitte ihn, David in Virginia City zu erwarten. Sobald ich von ihm Antwort habe und dazu das Versprechen, dass er David ohne weitere Verzögerung nach Hause bringt, werden wir David nach Virginia City begleiten. Wenn dieser Brief bei Ihnen eintrifft, sind die beiden hoffentlich schon unterwegs und Sie sind froh und glücklich darüber.*
> *Mit den besten Grüßen: Penelope Dreadful*

So froh Dave gewesen war, als Penny die Briefe schrieb, so sehr quälte es ihn plötzlich, als sie sie noch einmal vorlas. Es waren keine freundlichen Briefe – und der an Stick war noch ein wenig unfreundlicher als der an Bob –, aber das war es nicht allein. Dave wusste, seine Brüder konnten mit so einer Standpauke umgehen. Schlimmer war, dass diese Briefe ihn, Dave, wie einen kleinen Jungen aussehen ließen.

Und am allerschlimmsten war, dass die Hoffnung, das Geld doch noch wiederzubekommen, in keinem einzigen von Pennys Sätzen auftauchte. Sobald diese Briefe abgeschickt wären, wäre es vorbei: Das Geld wäre ein für alle Mal verloren. Sobald Sticks Antwort käme, würde Dave nach Virginia City aufbrechen – und weder Curry noch Penny je wiedersehen.

Edmund Curry fing sie vor der Post ab, aber vielleicht stand er auch nur zufällig da herum, ein Exemplar der *Argent News* in der Hand und in seinen eigenen Artikel vertieft. Das Verkaufen überließ er mittlerweile offenbar Boggs.

»Junior«, begrüßte er Dave, ganz wie immer, aber als Penny allein in der Post verschwand, um die Briefe aufzugeben, wusste Dave trotzdem nicht, wo er hinschauen sollte. Er war froh, mit seiner Geschichte nicht mehr alleine zu sein, er war froh über Pennys Briefe, doch zugleich war er enttäuscht, traurig und schämte sich. In diesem Augenblick, neben Curry vor der Post, kam es ihm wie eine Schwäche vor, sein Herz ausgeschüttet und damit jede Chance vertan zu haben, dass Geld noch wiederzubekommen. Vielleicht hätte er hartnäckiger sein müssen und verschwiegener. Bestimmt hätte er länger warten müssen. Zwar hatte Penny recht: Stick hatte das Geld haben wollen und Bob hatte Dave mit dem Geld losgeschickt. Doch weder Bob noch Stick, sondern Dave hatte die 332 Dollar verloren.

Curry räusperte sich. »Wie man hört, Junior, hat der Sheriff nichts gefunden.«

»Nein?«, fragte Dave kleinlaut.

»Nein«, sagte Curry ungerührt. »Aber vielleicht sollten wir ihm trotzdem einen kleinen Besuch abstatten. Oder was meinst du?«

Dave kratzte mit der Schuhsohle im Staub. Er war nicht dumm: Curry wollte ihn trösten.

»Wir müssen ihm deine Adresse geben«, fuhr Curry fort. »Falls das Geld doch wieder auftaucht. Außerdem muss ich natürlich einen Artikel schreiben. *Einarmiger Bandit wie vom Erdboden verschluckt – Sheriff Finney ratlos.* So was in der Art.« Er rieb sich das Kinn.

Dave sah Penny aus dem Postamt kommen. Jetzt war es entschieden, dachte er. Jetzt war es vorbei. Die Briefe waren auf den Weg gebracht.

»Und dann würde mich noch Tom Boggs interessieren«, sagte Curry und strahlte, als auch er Penny sah: »Da sind Sie ja wieder, Miss Dreadful. Die Nachtigall von Nevada!«

Edmund Curry hatte eine ganz spezielle Art, an eine Tür zu klopfen. Er klopfte mit links, aber zugleich drückte seine rechte Hand schon auf die Klinke, und Curry stand schneller im Raum, als irgendein Mensch hätte »Herein!« sagen können.

Sam Finney schien sich über die Störung nicht zu freuen. Der Sheriff saß hinter seinem Schreibtisch und durchwühlte eine Schublade. Offenbar suchte er etwas.

»Guten Morgen, Sheriff«, sagte Curry in einem Ton, als gratulierte er Finney zum Geburtstag.

»Ah, Mister … Curry.« Offenbar hatte Finney den Namen nicht gleich parat. »Morgen, Junge.«

Schüchtern hatte sich Dave halb hinter Currys Rücken versteckt.

»Sie kommen wegen der Kutsche«, stellte Finney fest. Er schob die Schublade zu, die er eben noch durchwühlt hatte. »Und Sie haben bei McLoud angeheuert.«

»Exakt«, erklärte Curry. »Eben das.«

»Ich bin kein großer Zeitungsleser«, sagte Finney.

»Das müssen wir ändern«, sagte Curry.

»Sind Sie jetzt als Reporter hier oder wegen dem Jungen?« Finney beugte sich ein wenig vor, sein Blick suchte Dave.

»Ich bin selbst beraubt worden, Sheriff«, sagte Curry. »Um sechs Dollar und vier Cent. Das ist auch Geld.«

»Wahrscheinlich mehr, als McLoud Ihnen zahlen kann«, brummte Finney.

»Täuschen Sie sich nicht«, entgegnete Curry und lächelte. »Die *Argent News* ist ein aufstrebendes Blatt.« Dann wurde sein Ton geschäftsmäßig. »Haben Sie etwas ausrichten können, Sheriff?«

»Ausrichten?«

»Haben Sie den einarmigen Banditen gefunden?«

»Wenn es so wäre, hätten Sie davon gehört.« Sheriff Finney wirkte fast schon beleidigt.

»Keine Spur?«, fragte Curry.

»Keine Spur«, sagte Finney. Er ließ Curry nicht aus den Augen. »Das alte Spiel.«

»Bedauerlich. Sehr bedauerlich.« Curry fischte einen Zettel aus seiner Hosentasche und legte ihn auf Finneys Schreibtisch. »Die Adresse von Mr David Kellen«, sagte er. »Beraubt um 332 Dollar.«

Dave starrte auf den Zettel, auf dem seine Adresse in Strassburg stand und keine in Salt Lake City.

»Für den Fall, dass Sie Erfolg haben«, sagte Curry zu Finney. »David Kellen reist in den nächsten Tagen ab. Da es ohne das Geld wenig Sinn für ihn macht, weiter nach Salt Lake zu fahren, kehrt er nach Hause zurück.«

Dave spürte einen Stich. Curry war also schon dabei, seine Angelegenheiten zu regeln. Der Zettel würde in Finneys Schublade verschwinden und dort vergessen werden. *Der Sheriff ist eine Pfeife*, hatte Penny gesagt.

»Danke«, sagte Finney förmlich, mehr zu Curry als zu Dave. Es entstand eine Pause. Keiner sprach. Keiner rührte sich.

»Gibt es sonst noch was, Mr ... Curry?« Finney stützte beide Hände auf die Schreibtischplatte, als wollte er sich erheben und sie zur Tür begleiten.

»Äh ...« Curry tat so, als fiele es ihm gerade ein: »Sie haben Mr Boggs verhaftet, nicht wahr?«

»Richtig«, sagte Finney, die Hände immer noch auf dem Tisch, die Ellbogen abgewinkelt.

»Wegen Ruhestörung, nehme ich an?«

»Er hat Rudy Phillips die Nase gebrochen.«

»Der arme Rudy!« Curry machte einen Schritt auf die beiden Zellen zu. Die Zellen waren leer. Curry sah hinein, als würde er in einen Brunnenschacht spähen. »Er ist aber gar nicht da«, sagte er verwundert. »Mr Boggs, meine ich.« Er sah sich zu Finney um.

Der Sheriff seufzte, hörbar genervt. »Doch als Reporter hier, Mr Curry?«, fragte er.

»Ach«, sagte Curry bloß.

»Ich habe ihn zum Teufel geschickt«, brummte der Sheriff. »Sie können in Ihre Zeitung schreiben, dass Tom Boggs Silver

City ein für alle Mal verlassen hat. Ich habe ihn der Stadt verwiesen. Wenn er zurückkommen sollte, buchte ich ihn wieder ein. Wenn nicht, umso besser für Silver City.« Finney erhob sich. »Sonst noch was, Mister Reporter?«

Edmund Currys Lächeln war unerschütterlich. »Für heute nicht, Sheriff«, sagte er.

9. Kapitel

Mit Post von Stick war nicht vor Montag zu rechnen. Nach einem langen Freitag, den Dave in erster Linie Trübsal blasend verbracht hatte, nahm Curry ihn am Samstag zu einer der Silberhütten mit.

»Du grübelst zu viel«, sagte Curry gleich morgens. »Alles wird gut«, sagte er, während er sich noch eine Gabel Rührei in den Mund stopfte.

Hiram McLoud war schon unterwegs, um die Samstagsausgabe zu verkaufen.

»Und wenn es nicht gut wird«, sagte Curry kauend, »wird es wenigstens anders.« Und dann fing er unvermittelt an, eine Geschichte über einen Springfrosch zu erzählen, der weiter sprang als jeder andere Springfrosch und für einen Spieler namens Jim Smiley eine todsichere Wette gewesen wäre, wenn der berühmte Springfrosch nicht heimlich mit Schrotkugeln gefüttert worden wäre, bis er viel zu schwer war, um so weit zu springen wie sonst.

Curry fabulierte noch, als sie schon längst auf der Straße waren und über die High Street nach Süden spazierten. Sie ließen die letzte Bretterfassade hinter sich und stiegen dann hügelan, bis Curry einen Eselshasen entdeckte und über dem Eselshasen seine Springfrosch-Geschichte vergaß. Der Eselshase saß hinter einem krüppeligen Salbeistrauch, und im ersten Augenblick sah Dave nur seine riesigen Ohren, die eher größer als die eines Esels waren, jedenfalls bestimmt nicht kleiner.

Dann trat Curry versehentlich vor einen Stein, der gleich den Hang hinabkullerte, und der Eselshase schrak auf, kippte die Löffel zurück, riss den Kopf in die Höhe und jagte im Streckgalopp davon, dann und wann über einen Salbeistrauch setzend, als könnte er fliegen oder würde es doch wenigstens bald lernen.

»Ist das eine wahre Geschichte?«, fragte Dave und sah dem Hasen nach, bis dessen Löffel hinter einer Hügelkuppe verschwanden.

»Was für eine Geschichte?«, fragte Curry.

»Na, die über den Springfrosch.«

»Ach so.« Curry ließ den Blick schweifen. Weiter im Westen musste ein Landrutsch abgegangen sein, wahrscheinlich erst im Frühjahr – Hiram McLoud hatte von diesen Landrutschen erzählt, die manchmal ganze Häuser unter sich begruben. Am Fuß des Bergs türmte sich die Erde nun wie eine hässliche, schlecht verheilte, wulstige Narbe. Darüber flirrte die Hitze.

»Na ja«, sagte Curry, »natürlich ist die Geschichte wahr. Sie ist in Clearlake passiert, drüben in Kalifornien, aber stell dir vor: Später habe ich gehört, das Gleiche sei *genau so* schon mal im alten Griechenland geschehen. Vor über zweitausend Jahren, verstehst du?« Er kratzte sich am Kopf. »Komisch, dass wir gerade jetzt darauf zu sprechen kommen. Oder vielleicht auch gar nicht komisch, denn diese Springfrosch-Geschichte ist mir überhaupt bloß wieder eingefallen, weil McLoud diesen Vortrag gehalten hat, erinnerst du dich? Dass sich alles wiederholt. Dass es nichts Neues unter der Sonne gibt. Ich habe darüber nachgedacht – eigentlich bloß, weil mich McLouds Motto ärgert – dieses *Semper idem.*«

Curry rieb sich so heftig das Kinn, als wollte er sich mit der bloßen Hand rasieren. Dann fuhr er fort: »Aber vielleicht ist da ja sogar was dran. Es gibt wohl nie nur *einen* Springfrosch. Nie bloß *einen* Jim Smiley, der 'ne todsichere Wette verliert.« Er ließ die Hand sinken. »Und vielleicht, Dave, bist du nicht der erste Junge, der sein Geld verliert. Vielleicht haben schon andere Ladys als Miss Dreadful so einen schönen schwarzen Stein wie den auf ihrer Brosche verloren. Und ganz bestimmt sind schon so Typen wie ich in eine Stadt gekommen, haben ein bisschen Staub aufgewirbelt und sind dann wieder dahin verschwunden, wo sie auch nicht hingehören.« Curry lächelte. »Hopp, auf die nächste Kutsche gesprungen, noch mal gewunken und ab nach – ach, was weiß ich? – *Paris?* Ja, warum nicht?« Curry schien schon in der nächsten Geschichte zu stecken – er erfand sie beim Reden.

Die Silberhütte war ein schäbiger Verhau, und die drei Männer, denen sie gehörte, waren mindestens genauso schäbig. Nachdem Dave ihre Arme gezählt hatte – sechs, keiner fehlte –, nahm er die Männer genauer in Augenschein. Mit ihren struppigen Bärten und verbeulten Hütten waren sie einander zum Verwechseln ähnlich: sonnenverbrannt, schweißbedeckt und schrecklich schmutzig. Bläulicher Schlamm klebte überall an ihren Kleidern, und die Hände der Männer waren von der harten Arbeit dick geschwollen und rot. Wenn diese Männer reich werden wollten, dachte Dave, dann standen sie noch ganz am Anfang. Eigentlich sahen sie eher nach bitterer Armut aus.

Für Curry hatten die Männer keine Zeit. Der Reporter der *Argent News* löcherte sie eine Weile mit Fragen, weil er aber kaum je mehr als ein ausgelutschtes »Ja« oder ein zwischen den Zähnen hervorgepresstes »Nein« zur Antwort bekam, gab er bald auf und vertrieb sich die Zeit damit, Dave die kleine Silberhütte zu erklären. Curry bereitete es sichtlich Freude, Worte wie »Pochstempel«, »Quecksilber« oder »Amalgamierpfanne« zu sagen. Wahrscheinlich probte er schon seinen Artikel für Dienstag.

So viel immerhin aber war Dave bald klar: In dieser schäbigen Hütte am Berg wurde das Silber aus den Gesteinsbrocken gewaschen, die aus den Silberminen kamen.

Die Pochstempel – eiserne Schuhe an eisernen Stangen – zertraten das Gestein zu Krümeln und Pulver. Zum Pulver wurde dann Wasser gefügt, bis ein sämiger Brei daraus entstand. Der Brei wurde gesiebt und schließlich mit heißem Dampf in einen Bottich gespült, das war die Amalgamierpfanne – Dave brauchte drei Anläufe, um das richtig auszusprechen.

Curry war ganz versessen auf das Quecksilber, das die Männer in regelmäßigen Abständen aus einem Hirschlederbeutel in die Batterie mit den Pochstempeln oder in die Pfannen gaben. Fügten sie dann noch Kochsalz und Kupfersulfat hinzu, wurden die unedlen Metalle zerstört, während sich das Quecksilber mit dem Silber verband. Wie das genau geschah, war allerdings nicht zu sehen – das Quecksilber tat seine Wirkung in Unmengen von schmutzigem Wasser. Das Wasser floss durch allerlei Holzrinnen und Traufen bergab, bis es ein ganzes Stück weiter unten durch grobe Tücher geseiht wurde. Was übrig blieb, wanderte dann in Schwenktröge – und noch mehr Quecksilber kam hinzu. Am Ende blieben vom Gestein, das die Pochstempel zermahlen hatten, bloß ein paar Kügelchen übrig. Und waren diese Kügelchen auf die richtige Art bröckelig, hatten sie das Silber gebunden.

Curry bat einen der Männer, ihm die »eiserne Retorte« zu zeigen – eine heiße Röhre, in der die Kügelchen so lange erhitzt wurden, bis das Quecksilber verdampfte und das reine Silber übrig blieb. Das klang gut, fand Dave, aber als der Mann die Retorte öffnete, lag ein allenfalls kinderfaustgroßes Stück Silber darin.

»Eine Woche Arbeit«, sagte der Mann und zeigte auf den Silberbrocken. Er hatte den Hut in der Hand und wischte sich den Schweiß von der Stirn.

»Zu wenig?«, fragte Curry.

Der Mann lachte trocken. »Zu wenig für zu viel Arbeit«, sagte er und sah den Hang hinab, der dreckigen Brühe hinterher, die in den Rinnen, Traufen und Trögen schwappte. »Vielleicht holen wir noch ein bisschen mehr raus, wenn wir das Aftererz sieben.« Er deutete auf einen Sandhaufen nicht weit von den Schwenktrögen. Wollten sie den Haufen da unten etwa wieder hochschaffen?, fragte sich Dave. Und dann – Amalgamierpfanne, Traufen, Tröge, Seihtuch – alles von vorn?

»Ziemliche Plackerei, was?«, sagte Curry.

Der Mann stülpte sich den Hut auf den Kopf. Seine Hände waren schmutzig, der Hut war es jetzt auch. »Hat halt nicht jeder so viel Glück wie der Typ oben am Glint Lake«, brummte er.

Durch Curry ging ein Ruck. Plötzlich war er ganz Ohr. »Welcher Typ am Glint Lake?«

»Noch nicht davon gehört?« Der Mann rieb sich den bläulichen Schlamm von den Händen. »Mir hat's ein Probierer erzählt, auf dem Weg in die Stadt.« Er hielt sich ein Nasenloch zu und rotzte in den Schlamm. »Die haben da 'nen ganz merkwürdigen Stollen gefunden. Der Probierer sagt, da tropfen Edelsteine raus.«

»Bitte, *WAS?*«, sagte Curry.

»Sie haben schon richtig gehört, Mister.« Der Mann rieb sich mit dem Handrücken über die Nase. »Flüssige Diamanten oder so. Tropfen aus dem Stollen. Der Probierer hat's erzählt. Muss 'ne seltsame Mine sein.« Er warf einen Blick zur Batterie und den stampfenden Pochstempeln hinüber und sagte: »Wenn mein ganzes Geld nicht hier drinstecken würde, ich wär schon unterwegs zum Glint. Der Probierer sagt, dass man noch Anteile kaufen kann.«

Mit wehendem Haar eilte Edmund Curry bergab. Dave hatte ihn noch nie derart in Eile gesehen und musste sich sputen, um Schritt zu halten. Er spürte die Wunde, wenn er so lief, aber das ließ er Curry nicht merken – und Curry hatte die Wunde offenbar auch schon vergessen.

»Meine Güte!«, rief Curry. »Hoffentlich finden wir diesen Probierer noch.«

Dave konnte auch gedanklich nicht ganz folgen. Er hatte den Mann von der Silberhütte gehört, aber: *Flüssige Diamanten?* Gab es so was überhaupt? Als der Mann davon zu reden angefangen hatte, waren Dave die flüssigen Diamanten, die angeblich aus einem Stollen tropften, etwa so fern wie Kupfersulfat und Quecksilberkügelchen gewesen. Nichts, das ihn etwas angehen würde – zumal all diese Minen und Schätze jetzt, wo das Geld weg war, auch Stick nichts mehr angingen.

»Was ist ein Probierer, Mr Curry?«, keuchte er.

Curry hielt erbarmungslos das Tempo. Unter ihnen lag Silver City und kam näher – ein trauriger Haufen zusammengewürfelter Schachteln aus Holz, wahllos über die nackten, geschwungenen Hügel verteilt.

»Ein Probierer?« Curry war mit den Gedanken woanders – vielleicht bei seiner nächsten Schlagzeile: *Diamantenmine am Glint Lake entdeckt.* »Das sind die Leute, die die Gesteinsproben aus den Minen zuerst untersuchen.« Curry war ein wenig atemlos. »Sie *analysieren* das Gestein, Junior. Stellen fest, ob sich das Buddeln überhaupt lohnt. Gibt's hier überall, die Kerle. Und die Hälfte von ihnen haut dich übers Ohr.«

Als sie, den nächstbesten Hang hinunterschlitternd, auf die High Street stießen, war Dave so weit, einen Probierer für einen schlechten Zeugen zu halten und die Diamantenmine am Glint Lake für eine Geschichte von Edmund M. Curry: eine Springfrosch-Story oder eine wie die von Mrs Woodys Stier, der durch das Dach gebrochen und genau in Mrs Woodys Bett gelandet war.

Allerdings schien ihm Curry dafür dann doch wieder zu aufgeregt und zu sehr in Eile. Wozu brauchte Curry noch den Probierer, wenn er die Geschichte doch schon kannte und für die Zeitung bloß noch ein bisschen ausschmücken musste? Glaubte er etwa, dass es diese Diamantenmine wirklich gab? Wollte er selbst Anteile kaufen? Allein dieser Verdacht war enttäuschend, und voller Zweifel lief Dave Edmund Curry hinterher, die High Street hinauf, an Si Yaps *Wäscherei und Plätterei* vorbei und dann über eine Stichstraße bis zur Main Street, wo Curry beinahe schon wieder von den Schweinen über den Haufen gerannt worden wäre.

»Verdammte Viecher!«, fluchte Curry, und einen Moment lang sah er der verdreckten Rotte nach, die stadtauswärts galoppierte, als hätte sie gerade die Bank von Silver City überfallen.

Wenig später hatten sie, schwer atmend, *Dixon's Old Corner* erreicht. Aus der halb offenen Tür drang Musik auf die Straße; drinnen spielte jemand leise und selbstvergessen Klavier.

Curry schien das nicht weiter zu überraschen, Dave jedoch war platt, als sie den Saloon betraten. Die Spuren der Schlägerei waren beseitigt, die meisten Tische waren besetzt und am Klavier hinten in der Ecke saß Penny Dreadful und spielte.

Vor lauter Überraschung blieb Dave einfach stehen. Penny hatte Arbeit gefunden, ohne ein Wort davon zu sagen. Sie hatte bei *Dixon's* angeheuert – bestimmt war heute ihr erster Tag. Dave sah zu, wie ihre Finger über die Klaviatur glitten – so traumwandlerisch sicher, dass Penny sogar Gelegenheit hatte, ihm zuzulächeln. Sie nickte und zwinkerte einmal – genau so, wie sie ihm zugezwinkert hatte, als sie an der Postkutschenstation aus der Kutsche gestiegen war.

Plötzlich hatte Dave einen Frosch im Hals, der sich nur schwer hinunterwürgen ließ. Die Zeit mit Penny war fast schon vorbei, ihre gemeinsame Geschichte war fast schon zu Ende. Sie hatte mit einem Zwinkern angefangen und hörte mit einem Zwinkern auf.

Das Klavierspiel erstarb, als Curry sich an den Tischen und Stühlen vorbei seinen Weg bis zu Penny gebahnt hatte. Er beugte sich zu ihr hinab, sprach auf sie ein, ohne dass Dave hätte verstehen können, was er sagte. Und dann hob Penny den Arm und zeigte auf einen Tisch in der Mitte des Raums, wo ein halbes Dutzend Männer saßen, so sehr ins Gespräch vertieft, dass sie Daves und Currys Eintreten offenbar nicht mal bemerkt hatten.

Curry machte sich gleich darauf neuerlich auf die Reise durch den Saloon. Er gab Dave einen Wink und dann stand er schon bei den Männern am Tisch, sprach sie an, stellte sich vor und schnappte sich einen freien Stuhl, den er an ihren Tisch rückte.

Als Dave sich, schüchtern wie immer, hinter Currys Stuhl stellte, hatte er schon begriffen: Der Mann mit dem buschigen Backenbart, zu dem sich alle am Tisch hinüberbeugten, war der gesuchte Probierer. Er trug einen ziemlich zerknitterten, aber leidlich sauberen Anzug und war sich der Aufmerksamkeit, die er genoss, vollends bewusst. Es machte ihm nichts aus, die Geschichte von der Diamantenmine immer wieder zu erzählen. Es machte den Männern am Tisch auch nichts aus, sie immer wieder zu hören.

Currys Fragen kamen wie aus der Pistole geschossen. »Und die Mine ist am Glint Lake, sagen Sie?«

Der Probierer lehnte sich zurück und grinste breit und selbstgefällig. »Irgendwo da in der Gegend«, sagte er, »aber kein Mensch weiß, wo genau. Und das hat schon seinen Grund, Mister. Wenn ich auf einen Stollen gestoßen wäre, aus dem verdammte Edelsteine tropfen, würde ich auch keinem verraten, wo genau der Stollen ist. Läuft viel Gesindel hier rum, Mister. Wer Anteile kaufen will, muss sich auf meine Probe verlassen. Aber das, Mister, tun jede Menge Leute.« Der Probierer reckte das Kinn.

Dann sprach er weiter. »Als ich vom Glint runterkam, hierher, bin ich schon jeder Menge Männer begegnet. Die meisten, denen ich vom Stollen erzählt habe, haben sich gleich zum Glint aufgemacht. Ist ein verdammter Rausch, Mister. Diamanten sind mehr als Silber. Und wenn es mehr als eine so 'ne Diamantenader gibt, wird Nevada das neue Kalifornien. Drüben am Glint oder wo immer man das Zeug noch so findet, werden die Städte wie Pilze aus dem Boden schießen. Teufel! Und wir sind dabei.« Der Probierer lehnte sich vor und funkelte Curry an. »Große Sache«, sagte er.

»Haben Sie Anteile?«, fragte Curry.

Der Probierer nickte. »Zwanzig Fuß«, sagte er. »Die hab ich fürs Probieren bekommen. Und jetzt treib ich hier in der Stadt ein bisschen Geld auf und kauf noch mehr.«

Dave beobachtete den Probierer genau. So ähnlich hatte Stick geklungen, als er das Silberfieber bekam.

»Erzählen Sie mal von der Probe«, sagte Curry. »Ich kann mir das gar nicht vorstellen. Ein flüssiger Diamant?«

Der Probierer nickte, als wollte er ein Wunder beglaubigen. »Flüssig, ja. Die tropfen aus dem Stollen. Aber dann härten sie gleich aus. Wenn ich es recht versteh, kann man sie, wenn man den Stollen erst angebohrt hat, gewissermaßen von der Stollendecke pflücken. Man bricht sie ab wie Eiszapfen, die von 'ner Regenrinne hängen.«

»Waren Sie im Stollen?«, fragte Curry.

»Nee.« Der Probierer lachte Curry aus. »Dann wüsst ich ja, wo der Stollen ist. Aber ich hab die Probe gemacht. Einen der Steine hab ich gesehen. In diesen Hände gehalten.« Der Probierer hielt Curry die Hände hin, als wären sie selbst ein Wunder.

»Der Stein sah wirklich wie ein Tropfen aus. Ganz glatt, wie gefrorenes Wasser. Fast wie geschliffen, Mister.«

»Und der Stein ist schwarz, sagen Sie?«

Der Probierer hatte nichts dergleichen gesagt. Er hatte die Farbe des Steins überhaupt nicht erwähnt.

»Rabenschwarz«, sagte der Probierer mit Nachdruck. »Schwärzer als irgendwas sonst.«

Curry nickte. Die nächste Frage schoss er nicht gleich ab. Stattdessen griff er in die Tasche seines Rocks und holte einen Zettel und einen Bleistiftstummel hervor. »Meinen Sie, Sie könnten mir den Stein mal aufmalen? So groß, wie er in Wirklichkeit ist? Er ist ja nicht *so* groß, oder?«

»Glauben Sie mir nicht, Mister, oder was?«, knurrte der Probierer.

»Doch«, sagte Curry. »Natürlich glaube ich Ihnen. Deshalb bitte ich Sie ja darum. Um diesen kleinen Gefallen.«

»Na, dann geben Sie schon her!« Der Probierer schnappte sich den Zettel und den Stift und fing an zu zeichnen.

Dave machte einen langen Hals, um besser sehen zu können. Er starrte auf den Zettel und sah dem Probierer beim Malen zu, und als der Probierer fertig war und Curry die Zeichnung hinschob, wäre Dave fast das Herz stehen geblieben: Der Probierer hatte den Stein von Penny Dreadfuls Brosche gemalt. Den gestohlenen schwarzen Karfunkel.

10. Kapitel

An diesem frühen Samstagnachmittag wurde nicht mehr Klavier gespielt in *Dixon's Old Corner*, No. 54 Main Street, Silver City, Nevada. Miss Penny Dreadful, die neue Pianistin, ging nach Hause. Hiram McLoud, Inhaber, Herausgeber und Chefredakteur der *Argent News*, verkaufte auch keine Zeitungen mehr. Und Edmund Curry, frischgebackener Reporter der *Argent News*, stellte die Suche nach neuen Geschichten für die Dienstagsausgabe ein. Er war auf die unglaublichste Geschichte aller Zeiten gestoßen, nur machte er keine Anstalten, sie aufzuschreiben. Stattdessen lief er in der Redaktion der *Argent News* auf und ab, rastlos, wie ein Koyote im Käfig.

»Ich verstehe es nicht«, murmelte er immer wieder. »Ich verstehe es einfach nicht.«

Dave sah ihm zu, wie er auf dem Absatz kehrtmachte und den Raum mit der Druckerpresse aufs Neue durchmaß.

»Ich würde es verstehen, wenn dem Herrn Diamantenminenbesitzer ein Arm fehlen würde. Dann wäre es einfach! Aber er hat zwei.« Curry hob seine eigenen Arme. »Er hat verdammte zwei!«

Dave nickte, als müsste er Curry bestätigen, dabei redete Curry mit sich selbst. Aber so war es gewesen: Curry hatte sich den wichtigtuerischen Probierer in *Dixon's Old Corner* möglichst unauffällig zur Seite genommen. »Sagen Sie mal«, hatte Curry gefragt, »wieso beutet der Kerl die Mine denn nicht selber aus? Ist er vielleicht ... äh ... nicht bei bester Gesundheit? Fehlt ihm vielleicht was?« Doch dem Probierer war dazu nichts eingefallen: Der Mann sei ein ganz normaler Mann – mittelalt und mittelgroß und heiße Smith. Dave kam es vor, als würde ihn dieser Name verfolgen.

»Fangen wir noch einmal von vorne an«, sagte Hiram McLoud, der an dem langen Tisch vor den Setzkästen lehnte, in Hemdsärmeln, die Melone wie immer auf dem Kopf. In der Hand hielt er die Zeichnung des Probierers. »Also, Miss Dreadful«, sagte er zu Penny, die auf dem Schreibtischstuhl saß. »Dieser Stein«, er wedelte mit dem Zettel, »ist zweifellos der Stein, der Ihnen beim Postkutschenüberfall geraubt wurde, richtig?«

»Richtig«, sagte Penny.

»Sie erkennen ihn ganz gewiss wieder? Auch wenn die silberne Fassung fehlt?«

Sie hatten das schon mehrmals durchgekaut, aber Dave war immer noch ganz Ohr. Sie hatten eine Spur! Sie hatten eine Spur, die womöglich zum einarmigen Banditen führte und damit, vielleicht und wider Erwarten, zu seinen 332 Dollar.

»Es ist derselbe Stein, Mr McLoud«, sagte Penny. »Ich bin mir sicher.«

»Dann«, sagte Hiram McLoud, »lautet die entscheidende Frage, wie dieser Stein in die Hände dieses angeblichen Mr Smith gekommen ist, der ihn dem Probierer gezeigt hat.«

»Exakt«, spottete der ruhelose Curry. »Eben das, McLoud.

Eben das. Auch wenn Sie es noch hundertmal wiederholen.« Er raste weiter durch den Raum.

Doch McLoud ließ sich nicht aus der Ruhe bringen. »Seien Sie nicht so ungeduldig, Mr Curry«, sagte er. »Sie sind sich also alle sicher, dass Mr Smith, der den Stein jetzt besitzt, nicht der Postkutschenräuber sein kann? Dave? Miss Dreadful? Mr Curry?« McLoud sah in die Runde.

»Mein Gott, McLoud!«, platzte Curry heraus. »Der Kerl hat zwei Arme! *Zwei!* Ich konnte ihn schlecht so ganz direkt danach fragen, aber der Probierer hätte es schon erwähnt, wenn er nur einen hätte!«

»Stimmt«, sagte McLoud. »Gehen wir also davon aus, dass der Postkutschenräuber und dieser Mr Smith vom Glint Lake nicht ein und dieselbe Person sind. Dann lautet die nächste Frage, ob wir es mit einer Bande zu tun haben. Machen Mr Smith und der Einarmige gemeinsame Sache? Ist es womöglich Mr Smith, der den einarmigen Banditen mit Nachrichten und Lebensmitteln versorgt?«

»Woher sollen wir das denn wissen?«, herrschte Curry McLoud an.

»Wissen können wir es nicht«, sagte McLoud ruhig. »Aber wir können es durchdenken.«

»Ich glaube eher nicht, dass die beiden gemeinsame Sache machen«, meldete sich Penny zu Wort.

Dave sah zu ihr hinüber. Penny saß ganz still auf ihrem Stuhl, das Gegenteil des rastlosen Curry. Sie hatte die Stirn in nachdenkliche Falten gelegt.

»Und wieso nicht, verehrte Miss Dreadful?«, fragte Hiram McLoud.

»Wir sind uns doch alle einig, dass es keine Stollen gibt, aus denen schwarze Diamanten tropfen, oder?«, sagte Penny.

»Natürlich gibt es die nicht«, sagte McLoud. »Das ist eine ganz und gar hanebüchene Geschichte. Aber worauf wollen Sie hinaus, Miss Dreadful?«

Penny sprach langsam, sie wählte ihre Worte mit Bedacht. »Der Mann, der sich Smith nennt, ist ein Betrüger«, sagte sie. »Ein Hochstapler. Er tickt völlig anders als ein Mann, der sich mit vorgehaltener Waffe vor eine Kutsche stellt. Verstehen Sie, was ich meine? Es sind zwei Sorten Verbrechen – und deshalb zwei Sorten Verbrecher. Mr Smith ist gerade dabei, ein paar Glücksritter übers Ohr zu hauen, aber diese Glücksritter werden eher heute als morgen merken, dass sie betrogen worden sind. Dann kann Mr Smith nur noch das Weite suchen. Mit den fünfhundert oder tausend oder meinetwegen zweitausend Dollar, die er sich zwischenzeitlich ergaunert hat. Aber das ist doch nichts, was der einarmige Bandit täte. Das hat der doch gar nicht nötig. Begreifen Sie, worauf ich hinauswill? Der Postkutschenräuber ist ein gefährlicher Verbrecher, der es auf Spendengelder abgesehen hat. Tausende von Dollar. Dieser Smith dagegen ist bloß ein mickriger Gauner, der für ein paar Hundert Dollar Kopf und Kragen riskiert. Eine viel kleinere Nummer.«

Curry war, während Penny sprach, stehen geblieben. »Gut«, sagte er jetzt, »das ist klug, das leuchtet mir ein. Aber wie ist Mr Smith an den Karfunkel gekommen?«

Penny zuckte die Schultern. »Vielleicht bloß durch einen Zufall«, sagte sie.

»Sie meinen, er kennt den Einarmigen nicht einmal?« Daves Hoffnung sank, als Curry das fragte. War die Spur am Ende gar keine? Führte die Spur des Karfunkels gar nicht zu Daves 332 Dollar?

»Ich weiß es nicht«, sagte Penny. »Kann schon sein, dass er ihn kennt. Muss aber nicht sein, dass er ihn als Postkutschenräuber kennt. Vielleicht hat Smith ihm den Stein einfach abgekauft. Vielleicht wollte der Einarmige den Stein auch loswerden und hat ihn hergeschenkt. Geld ist gesichtslos, Mr Curry. Ein Schein sieht wie der andere aus. Die Brosche hingegen könnte den Postkutschenräuber verraten. Also musste sie weg.« Penny hielt kurz inne. »Wissen Sie, es war ein Fehler, mir die Brosche von den Kleidern zu reißen. Und hätten Sie nicht geschossen, Mr Curry, wäre das auch gar nicht geschehen. Der Einarmige war wütend. Eigentlich war er nur auf die Spendengelder aus. Als Sie sich gewehrt haben, hat er sich hinreißen lassen. Ich habe in den letzten Tagen immer wieder darüber nachgedacht. Er musste die Brosche loswerden. Und genau das ist geschehen.«

»Aber Moment mal …«, sagte Hiram McLoud.

»Ja?« Curry hielt es kaum noch aus.

»Wenn das so ist«, erklärte McLoud, »kann dem Einarmigen doch gar nicht daran gelegen sein, dass Mr Smith jetzt so ein Theater um den Karfunkel macht und ihn überall herzeigt. Richtig?«

»Richtig«, sagte Penny. »Je mehr Leute über den Stein reden, desto wahrscheinlicher ist es, dass jemand davon erfährt, der den Stein und den Postkutschenüberfall miteinander in Verbindung bringen kann. Und genau so ist es ja jetzt auch gekommen.«

»Aber heißt das nicht«, sagte McLoud, »dass der Einarmige und Mr Smith sogar *keinesfalls* gemeinsame Sache machen? Selbst wenn der mysteriöse Mr Smith es gar nicht weiß: Er arbeitet gerade gegen den Postkutschenräuber. Er bringt ihn in Gefahr.«

»Yep«, sagte Penny Dreadful bloß.

»Dann«, sagte Hiram McLoud, »sollten wir den Sheriff benachrichtigen. Er muss zum Glint Lake und diesen Smith nach Silver City schaffen. Der Mann ist der Einzige, der den Einarmigen kennt. Er muss verhört werden!«

»Zum Teufel mit dem Sheriff!« Curry stampfte auf wie ein trotziges Kind. »Das machen wir selber. Wie weit ist es zum Glint Lake, McLoud? Mit einem ordentlichen Pferd.«

Hiram McLoud warf Penny einen unsicheren Blick zu. Dann sagte er: »Vielleicht zwei Stunden?«

»Ich breche gleich auf.« Currys Augen funkelten. »Jetzt sofort.«

Dave sah ihn an. Dann sah er McLoud an und schließlich Penny. »Ich will mit«, sagte er zu ihr. »Bitte. Das können Sie mir nicht verbieten, Miss.«

Nicht einmal eine halbe Stunde später waren Dave und Curry unterwegs. Die Pferde – einen kleinen Fuchs und einen großen Braunen – hatte ihnen McLoud besorgt, aus einem Mietstall an der 6th Street, dessen Besitzer McLoud kannte.

Die Erlaubnis mitzureiten, hatte Dave von Penny bekommen. Er wusste nicht genau, warum sie zugestimmt hatte. Vielleicht hatte sie seine Not gesehen: Schon Montag könnte Sticks Brief eintreffen, und noch eine Chance, die 332 Dollar zurückzukriegen, würde es nicht geben. Wahrscheinlicher aber war, glaubte Dave, dass es Penny insgeheim ganz recht war, dass Curry nicht allein loszog. Curry konnte unbedacht sein und Daves Anwesenheit würde ihn zu größerer Vorsicht zwingen. Vielleicht war es das – vielleicht passte Penny nicht nur auf Dave, sondern auch auf Curry auf.

Sie ritten stracks nach Westen und Dave ritt besser als Curry. Dave fühlte sich im Sattel wohl, der kleine Fuchs war ein freundliches Tier und dankbar für Daves feine Hand. Es war nicht Daves Art, Pferden im Maul rumzuziehen, und der Fuchs wusste das zu schätzen.

Edmund Curry hatte es deutlich schlechter getroffen. Der große Braune war ein ziemliches Kamel, und Curry war auch als Reiter ungeduldig, was der Braune mit Sturheit bestrafte. Schon in Silver City hatte er sich geweigert, in die Pedler Road einzubiegen. An der Kreuzung war er einfach stehen geblieben und Curry hatte im Sattel einen Wutanfall bekommen.

Mittlerweile ging es besser. Curry ließ die Zügel lang und dem Braunen seinen Willen. Dave genoss den warmen Wind, der über die Hügel strich und am Büschelgras zerrte; er genoss den fleißigen, nimmermüden Trab des Fuchses und noch mehr die weiten Galoppsprünge. Seine Wunde spürte er gar nicht mehr – für den Augenblick des Reitens fielen alle Ängste, Sorgen und Schmerzen der vergangenen Tage von ihm ab. Er wusste nicht, was kommen würde, aber auf dem Rücken des Fuchses dachte er auch nicht darüber nach. Er ließ sich durchschütteln und nach Westen tragen – ein bisschen so wie in dem Lied, das Penny bei *Dixon's* gesungen hatte.

Roll me over and let me go
Riding free with the buffalo …

Die Landschaft wurde immer karger und bizarrer. Die Wüste begann, tot und baumlos, scheußlich und zugleich schön. Die Gipfel des Washoe rückten näher, wie Riesen sahen sie aus, die der Welt den Rücken zukehrten, weil sie genug von ihr hatten und lieber versteinert waren, als noch weiter nach Westen zu ziehen, Richtung Pazifik, bis zum Ende des Kontinents. Lange erloschene, mit der Landschaft verschmolzene Vulkane hatten ihre Lava bis in die Ebenen gespuckt und bizarre Felsen hinterlassen – krumme, buckelige Gestalten, Stein gewordene Kadaver am Wegesrand, Überbleibsel eines Trecks, der vor Ewigkeiten hier lang gezogen war, weiter und immer weiter, ohne Rücksicht auf Verluste.

Dave und sein Fuchs, Curry und der Braune zogen an alldem vorbei, der Abendröte im Westen entgegen. Wie Glut senkte sie sich über die Gipfel und tauchte das trockene Land wie in Feuerschein.

Die Zeit drängte, Dave ließ die Zügel schießen. Bald würde die Dunkelheit hereinbrechen und am Glint Lake wäre es Nacht.

11. Kapitel

Über dem See türmten sich Wolken – runde, quellende Wunderwesen, vom späten Licht in allen Rottönen bemalt. Das Wasser darunter war reglos und glatt. Der Glint Lake war eine Schüssel aus Felsgestein, letztlich unnahbar, so kam es Dave vor, wie ein See auf dem Mond. Es war ein gottverlassener Ort, eine graue Einöde aus Wasser, karg und abweisend, das Ufer aus Bimsstein und Asche. Das zähe, träge Wasser des Sees war derart mit Asche gesättigt, dass man es nicht einmal trinken konnte.

Curry war auf dem Weg ungewöhnlich schweigsam gewesen. Eine Geschichte hatte er aber doch erzählt: von einem räudigen Hund, der – drüben in Kalifornien oder hier in Nevada – in einen solchen Aschensee gesprungen sei und wie ein Schweinchen gequiekt habe, weil das Wasser so sauer war, dass es ätzte. Nachher jedoch sei der Hund all die Schwären und Wunden und Beulen los gewesen, die zuvor seinen ganzen Körper bedeckt hätten.

»Der Hund war wie neu, Junior«, hatte Curry gesagt. »Sein Besitzer musste ihm beim Kürschner bloß noch ein neues Fell schneidern lassen.«

Am Ufer saßen sie ab und banden die Pferde an einen Salbeistrauch, der weit genug vom Wasser entfernt war, sodass die

Tiere gar nicht erst auf die Idee kamen, das Aschenwasser zu trinken.

Der See war groß, dachte Dave, als er ans Ufer trat und im letzten Licht auf den glatten Spiegel des Sees hinaussah, hinüber zum anderen Ufer, das genauso karg, verdorrt und versteinert war wie dieses. Wie sollten sie hier den mysteriösen Mr Smith und den Karfunkel finden? Außer dem Zettel und der Rede des Probierers in *Dixon's Old Corner* hatten sie keinen einzigen Anhaltspunkt.

Mit den Händen in den Hosentaschen, schlenderte Curry ans Ufer und tauchte eine Stiefelspitze in das träge Wasser.

»Und jetzt?«, fragte Dave. In der Stille kam ihm seine Stimme sonderbar laut vor. Sie störte die Versunkenheit des Sees, seine vollkommene Unbeteiligtheit, sein völliges Desinteresse am Lauf der Dinge. »Hier ist niemand«, sagte Dave.

»Meinst du?« Curry stand unten auf den glatten Uferfelsen und sah zu ihm auf, mit hundert Schatten im Gesicht. »Wenn du dich da mal nicht täuschst, Junior. So eine einsame Gegend hat tausend Augen. Die Leute sehen dich von Weitem. Niemand bleibt hier unbemerkt. Und nach und nach kriechen die Kerle aus ihren Löchern. Glaub mir, die kommen schon. Und jeder von ihnen weiß alles. Die saufen Neuigkeiten wie Wasser. Schon weil es hier so selten welche gibt.«

»Wer – *die*?«, fragte Dave.

»Oh«, sagte Curry und rührte wieder mit der Stiefelspitze im See. »Die übliche Nevada-Besetzung. Glücksritter, die ihre Tage damit verbringen, in irgendeinem Bachlauf zu knien und Steine zu spülen. Abends hocken sie dann am Lagerfeuer, kauen auf knorpeligem Fleisch und träumen von Silber und Gold. Die

Frage ist …«, er lachte leise, »was wäre, wenn sie tatsächlich mal Glück hätten. Dann stünden sie mit ihren struppigen Bärten und ihrer Maulfäule wahrscheinlich bloß vor irgendeinem Saloon herum, die Taschen voller Geld, aber ohne die leiseste Idee, was sie mit den vielen Dollars anfangen sollten. Es gibt nicht wenige, die es furchtbar eilig hatten, ihr bisschen Reichtum so schnell wie möglich durchzubringen. Bloß, um sich wieder an Orten wie diesem verstecken zu können.« Er sah sich um. »Vor der Welt.«

»He! Sie da!«

Dave schrak zusammen. Die Stimme kam aus seinem Rücken. Er fuhr herum und glaubte im ersten Moment, einen Geist zu sehen, vielleicht auch einen indianischen Feuergott, der mit flammendem Haupt aus der brodelnden Erde gestiegen war. Dann wurde ihm klar, dass der Mann, der da auf sie zukam, bloß eine Fackel trug. Allerdings war es eine sehr seltsame Fackel. Der Mann hatte sie aus Reisern gemacht, die er wie einen Besen an einem Stock zusammengebunden und angesteckt hatte. Die Flammen loderten wild und tauchten Hut, Gesicht und Schultern des Mannes in einen beinahe höllischen Schein. Je näher der Mann kam, desto lauter prasselte das Feuer an seinem Stab – Funken flogen und das Reisig knackte.

»*Smith?*«, sagte der Mann, als er noch ein ganzes Stück entfernt war, doch schon ein halbes Dutzend Schritte weiter erkannte er seinen Irrtum. »Teufel, Sie sind's gar nicht«, knurrte er. Dann blieb er, den Blick auf Curry am Ufer gerichtet, unmittelbar neben Dave stehen. Der Mann war riesig, bestimmt fast zwei Meter groß, mit einem Brustkorb wie ein Bison und einem Kopf, der dazu passte. Sein Bart war so dicht wie ein Pelz.

Zwei Arme, dachte Dave. In der einen Hand trug der Riese die sonderbare Reisigfackel. In der anderen eine Flinte, die so lang war wie der ganze Kerl.

»Warten Sie auch auf *Smith*, Mister?«, dröhnte der Mann. Die Luft schien zu vibrieren, wenn er sprach.

Curry reagierte wie immer gleich. »Yep, Sir!«, sagte er. »Sie etwa auch?«

»Zum Teufel, ja. Seit einer geschlagenen Stunde. Was haben Sie ihm angezahlt?«

Daves Blick irrte von Currys Silhouette am See zur lodernden Gestalt des Riesen neben ihm. *Angezahlt?* Das ging ihm zu schnell.

»Für meine Anteile an der Tropfsteinhöhle, meinen Sie?« Curry löste sich vom Ufer.

»Ha!«, dröhnte der Riese. »Ha! Ha! Das haben Sie gut gesagt, Mister! Tropfsteinhöhle. Muss ich mir merken.« Dann wurde seine Stimme auf einmal noch tiefer. »Spaß beiseite. Ich habe ihm hundert Dollar angezahlt. Für zehn Fuß Stollen, wo die Diamanten angeblich wie Trauben von der Decke hängen.«

»Sieh an«, sagte Curry. »Ich hab hundertfünfzig für dasselbe gezahlt. An einen Mittelsmann in Silver City.« Davon, wusste Dave, war jedes Wort gelogen. Curry musste es sich ausdenken, während er sprach.

»Ich hab euch kommen sehen.« Der Riese nickte. Dann sah er sich um, suchte mit den Augen das Ufer ab, soweit die Dunkelheit das noch zuließ. Bis auf einen roten Saum am Horizont war es jetzt Nacht. »Dachte mir schon, dass ihr auch die Mine sehen wollt. War doch hier irgendwo, dass wir uns treffen wollten, oder?«

»Denke schon«, sagte Curry vage.

»Sagen Sie mal ...« Der Riese durchbohrte Curry mit Blicken. »Schon mal daran gedacht, dass es die Mine vielleicht gar nicht gibt? Dass uns dieser Smith übers Ohr gehauen hat?«

»Wieso?«, fragte Curry unschuldig.

»Weil er nicht aufkreuzt, verdammt!« Der Riese schnaubte. »Und weil mir diese flüssigen Diamanten immer komischer vorkommen, je länger ich drüber nachdenk.« Er spähte wieder in die Dunkelheit. »Dan Madden – der hat seine Hütte drüben am andern Ufer – Dan Madden hat gleich gesagt, dass da was stinkt. Anteile hat er trotzdem haben wollen. Wollte diesem Smith heute das Geld geben. Teufel, wo steckt der alte Dan überhaupt?«

In diesem Moment bölkte jemand uferabwärts, auf der Westseite des Sees, nicht allzu weit entfernt. Wenn das mal nicht Dan Madden war, dachte Dave.

»Halt!«, hörte er dann jemanden rufen. Und noch lauter: »HALT! SMITH! VERDAMMT!«

Plötzlich hatte es Curry unheimlich eilig. Er stürzte an dem bärtigen Feuergott vorbei, stracks auf die Pferde zu, die friedlich an ihrem Salbeistrauch warteten.

»He, Mister! Das ist Dan!«, rief der Riese, aber Curry gab nicht mehr viel darauf.

»Junior!«, zischte er, aber Dave war schon dabei, den Fuchs loszubinden.

»DAN!«, brüllte der Riese quer über den See. »DAN! ALLES IN ORDNUNG?«

Mitten im Geschrei fiel der erste Schuss, es war ein enormes, unirdisches Krachen, das über dem See widerhallte. Wahrscheinlich klang es kaum anders, wenn die Glücksritter Löcher in die Berge sprengten.

Dave schwang sich in den Sattel, Curry drohte seinem Pferd.

»DAN!«, brüllte der Feuergott. »HALT IHN FEST! ICH KOMME!« Offenbar war der mysteriöse Mr Smith mit einem einzigen Schuss als Schwindler entlarvt. So ähnlich, dachte Dave, hatte es Penny prophezeit. So war es jetzt gekommen. Die Frage war bloß, ob Dan Madden auch getroffen hatte. Ein toter Mr Smith würde niemanden zum einarmigen Banditen führen. Was immer Smith wusste, würde dann mit ihm begraben werden.

Ein zweiter Schuss fiel und die Explosion jagte über den dunklen, stillen, trägen See. Mit dem ersten hatte Dan Madden also nicht getroffen. Der große Braune gab Currys immer wüsteren Drohungen nach, und endlich ritten sie los, uferabwärts nach Westen, vom brüllenden Feuergott mit seiner lodernden Flamme verfolgt.

»DAN! DAN! SCHNAPP IHN DIR!«

Bald wurden die wütenden Rufe leiser.

Mister Feuergott blieb zurück.

Curry ritt voraus, immer dem Aufruhr nach. Denn da vorn waren nicht nur Dan Madden und Mr Smith – da waren mehr Männer, Dave konnte sie hören. Offenbar hatten sich sämtliche Glücksritter der Gegend am Ufer verabredet – ursprünglich wohl, um die Mine zu besichtigen, die ihnen anteilig bereits gehörte; tatsächlich aber, um festzustellen, dass Mr Smith ein Betrüger war, und ihm hier und jetzt, gleich und sofort den Hals umzudrehen.

Wir kommen zu spät, dachte Dave. *Wir kommen zu spät, zu spät, zu spät.*

Die Hufe klapperten laut auf dem felsigen Ufer; die warme Nacht flog vorbei; sie ritten auf den nächsten Feuerschein zu – noch mehr Fackeln, noch mehr Gebrüll.

»He, Mister! Zehn Dollar für Ihr Pferd«, rief jemand Edmund Curry zu – sie hätten den Kerl in der Dunkelheit beinahe über den Haufen geritten. Der Mann war sogar bereit, dafür zu bezahlen, dass er Mr Smith an den Kragen konnte.

Curry zügelte den Braunen. »Tut mir leid, Sir«, sagte er. »Wir haben selber eine Rechnung offen.« Er klang so glaubwürdig wie immer. »Wo ist er hin?« Ein Sheriff hätte ganz genauso gefragt.

Der Mann zeigte vom See weg. »Südwestlich«, sagte er, er trug eine Flinte. »Viel Vorsprung hat er bis jetzt nicht. Dan Madden und ein paar Jungs sind ihm auf den Fersen. Aber keiner von uns hat ein Pferd und dieser Galgenvogel hat ein Maultier. Zwanzig Dollar, Mister? Für Ihr Pferd?« Er zeigte auf den Braunen.

»Beim nächsten Mal«, sagte Curry und hatte Glück: Der Braune lief, ohne zu bocken, weiter.

Auf einmal blinkten Sterne am Himmel; der Silbermond erleuchtete das offene Land.

Der Fuchs streckte sich jetzt wie ein Eselshase, seine Galoppsprünge wurden immer länger. Dave ritt wie im Rausch. Er war ganz eins mit dem Pferd, sie waren ein und derselbe Körper und flogen dahin – bald auch an Dan Madden und seinen Leuten vorbei.

Der kleine Trupp trampelte in schweren Stiefeln durch den

Staub und erkannte Dave und Curry gleich als Verbündete – sosehr sich die Glücksritter-Gang da auch irren mochte.

»Gleich habt ihr ihn!«

»Vorwärts!«

»Lasst mir was von ihm übrig!«

Aber da waren Dave und Curry schon vorüber. Die Männer blieben zurück, vier oder fünf von ihnen im Silberlicht. Mr Smith hatte ihr Geld.

»Komm schon, Junior!« Edmund Curry mühte sich auf seinem Braunen, als ritte er einen Ackergaul. »Gleich haben wir ihn!«

Und richtig. Kaum eine Viertelstunde später kam Mr Smith in Sicht: ein Mann mit Hut und krummem Rücken, im Mondlicht über den Rücken seines Maultiers gebeugt und es verzweifelt antreibend.

Der Fuchs und der Braune waren tausendmal schneller. Mit weiten Sprüngen holten sie auf, kamen näher und näher, was Mr Smith nur in noch größere Nöte stürzte. Er hörte sie heranpreschen und ruderte mit den Ellbogen, als wären sie Flügel. Er sah sich nicht einmal um; er wusste, was kam, oder wusste es nicht und wollte es nie erfahren.

»Hü! Hü! Hü!«, hörte Dave ihn jetzt rufen – ein heiseres, verzweifeltes Krächzen. Nicht einen Augenblick lang hielt er diesen Mann für eine Gefahr. Dass er bewaffnet sein könnte und bereit, sich zu wehren, kam ihm gar nicht in den Sinn.

Jetzt waren es nur noch ein paar Sprünge – fünf, vier, drei – und Curry war dicht neben Dave und dem Fuchs.

»Halten Sie an, Smith! Halten Sie an oder ich schieße!«

Curry hatte keine Waffe – jedenfalls hatte er den Allen-

Revolver nicht in der Hand, aber wahrscheinlich hätte Mr Smith sowieso nichts darauf gegeben. Er glaubte die Glücksritter-Gang hinter sich, vielleicht mit dem wütenden Dan Madden und dem riesenhaften Feuergott an ihrer Spitze.

Zwei Galoppsprünge.

Einer.

Sie waren gleichauf.

»Hü! Hü! Hü!«, schrie Smith, als hätte er noch eine Chance, und dann sah Dave dem Mann auf dem Maultier ins verzerrte Gesicht.

Er kannte ihn.

Dave erkannte Tom Boggs.

12. Kapitel

»B… B… *Boggs?*« Das war noch nie vorgekommen: Edmund Curry stotterte. Er saß auf dem großen Braunen, mit dem er dem flüchtenden Mr Smith den Weg versperrt hatte, und fand, zum ersten Mal, seit Dave ihn kannte, keine Worte.

Tom Boggs war wie ein halb leerer Sack auf seinem Maultier zusammengesunken. Ein Häuflein Elend im Silberschein der mondhellen Nacht.

Bis auf das Schnaufen der Pferde war es jetzt still. Die wilde Jagd war vorüber.

Dave stützte sich auf den Sattelknauf und starrte von der Höhe des Pferderückens auf Boggs und sein kleines, pumpendes Maultier hinab. Ihm war auch nach Stottern zumute.

Boggs?

Wieso Boggs?

Was machte Boggs am Glint Lake?

Dabei war es eigentlich offensichtlich. Boggs war der mysteriöse Mr Smith. Ausgerechnet Tom Boggs, dem man eine ertragreiche Mine abgepresst und eine gesalzene angedreht hatte. Der betrogene Boggs war der Betrüger. Dave kam sich vor wie in einer Geschichte von Edmund M. Curry.

»Konnte ja nicht klappen«, murmelte Boggs. Er schien es

seinem Maultier anzuvertrauen, das wohl froh war, nicht mehr rennen zu müssen, und mit den langen Ohren zuckte. »Ich hab halt kein Glück.« Er sah zu Curry auf, nun ganz und gar ernüchtert und offenbar bereit, alles und jedes mit sich geschehen zu lassen. »Dann machen Sie mal, Mister Reporter«, sagte er. »Liefern Sie mich den Kerlen aus!« Er deutete mit dem Daumen rücklings Richtung See. »Bringen Sie mich zum Sheriff. Buchten Sie mich ein. Knüpfen Sie mich auf. Machen Sie mich in Ihrer verdammten Zeitung lächerlich. Mir ist's gleich. Machen Sie nur!« Unter dem dünnen Mantel zuckte er mit den Schultern. »Konnte nicht klappen«, murmelte er wieder. »Klappt nie.«

»Eins nach dem anderen, Boggs«, sagte Curry. Er hatte sich offensichtlich von seiner Überraschung erholt und klang wie immer: unter allen Umständen amüsiert und ein bisschen hochnäsig. »Bevor wir irgendetwas tun, wollen wir die ganze Geschichte hören.«

»Was für eine Geschichte?«, fragte Boggs.

»Ihre«, sagte Curry.

»Hah!« Boggs schnaubte. »Damit Sie Ihre schönen Reden auch noch vor Gericht schwingen? Ich sag nix, Mr Reporter. Ist mir egal, was passiert, aber sagen tu ich nix. Ihnen nicht und dem Gericht auch nicht.«

Curry runzelte die Stirn und spähte über Boggs' Kopf hinweg Richtung See. »Das Gericht, Mr Boggs, ist schon unterwegs«, sagte er. »Den Vorsitz führt der ehrenwerte Dan Madden. Und die Zeugen sind im Nebenberuf allesamt Henker.«

Boggs' Augen wurden groß. Er wurde, falls das möglich war, noch blasser. »Sie wollen mich also ehrlich dem Mob zum Fraß vorwerfen?«

Curry legte den Kopf schief. »Die sind wirklich wütend, Boggs. Haben das Gefühl, ganz übel übers Ohr gehauen worden zu sein.«

»Na und?« Boggs nahm vorübergehend Haltung an. »Selbst schuld. Wie blöd muss man sein, um an flüssige Diamanten zu glauben!«

»Wie blöd muss man sein, um 400 Dollar für eine gesalzene Mine auszugeben?«, fragte Curry. »So wie Sie?«

Boggs sank wieder in seinen Sattel. »Ich wollte es mir zurückholen, kapiert? Ich hab 'ne Menge Pech gehabt. Diesmal sollten die anderen Pech haben. Die anderen Pech und ich Glück. Ist Ihnen das schon mal aufgefallen, Mr Reporter? Dass auf jeden Glückspilz ein halbes Dutzend Pechvögel kommt?«

Curry rieb sich das Kinn. »Mr Boggs«, sagte er. »Ich möchte nicht in Zweifel ziehen, dass Sie persönlich viel Pech gehabt haben. Insgesamt aber glaube ich, dass das Glück in diesem Land maßlos überschätzt wird. Was erwarten Sie? Einen Lotteriegewinn?«

»Klugscheißer«, sagte Boggs bloß.

Curry grinste. »Mag sein. In jedem Fall tun Sie recht daran, uns auf unser eigentliches Thema zurückzubringen, Boggs. Wir haben keine Zeit, uns mit Spitzfindigkeiten aufzuhalten. Ich fasse deshalb zusammen: Die Meute ist Ihnen auf den Fersen, und sollten Sie weiterhin nicht den Mund aufmachen wollen, werde ich diese Meute nicht daran hindern, über Sie herzufallen und Sie in Stücke zu reißen.«

Boggs studierte wieder die zuckenden Ohren seines Maultiers.

»Also«, sagte Curry. »Wo ist der Stein?«

Boggs hob nicht mal den Kopf. Er griff in die Tasche seines schäbigen Mantels, zog den Karfunkel hervor und streckte sich, um ihn Curry zu reichen. Er sah aus wie ein Kind, das unter einem strengen Blick eine stibitzte Murmel rausrückt.

Curry nahm den Stein, hielt ihn einmal ins Licht, und bis er ihn wegsteckte, konnte Dave den Blick einfach nicht abwenden. Wie ein stummer Zeuge kam ihm der Karfunkel vor, fast wie ein wissendes Wesen.

»Wieso zum Teufel sind Sie mir eigentlich draufgekommen?«, fragte Boggs. Irgendwie wirkte er erleichtert, den Stein los zu sein, froh, dass jemand seinem falschen Spiel ein Ende gemacht hatte. Boggs sprach freier. Und er sah auch nicht mehr ganz so elend aus. »Ich war mir ziemlich sicher, dass mir der Sheriff auf den Fersen ist«, sagte er. »Aber Sie?«

Curry stellte die Brauen steil. Er musterte Boggs gründlich. »Der Sheriff?«, fragte er.

Boggs nickte. »Wer sonst?«

»Wegen des Betrugs, meinen Sie?«, fragte Curry nach.

»Na ja, Betrug …« Boggs zuckte die Achseln. »Ich würd's ja eher Diebstahl nennen … Aber gut.«

Dave sah ihn einigermaßen verwirrt an, seine Finger verkrallten sich in der Mähne des Fuchses. Wovon war hier die Rede? Er verstand nicht.

»Passen Sie auf.« Curry sah wieder über Boggs' Kopf hinweg, Richtung See. Von da mussten Dan Madden und der Mob kommen. Die Frage war, wie lange sie zu Fuß noch brauchen würden. »Ich schätze, wir haben noch eine Viertelstunde, Boggs«, sagte Curry. »Genug Zeit für die ganze Geschichte, schätze ich.«

Offenbar war jetzt auch Boggs verwirrt. »Was für eine Geschichte?«, fragte er.

»Wie Sie an den Stein gekommen sind«, sagte Curry.

»Das wissen Sie gar nicht?« Boggs' Mund stand einen Augenblick lang offen. »Ja, wieso sind Sie denn dann hier?«

Currys Augenbrauen zuckten; er holte einmal tief Luft. »Sieh an«, sagte er leise, wie für sich. »Die Lage ist komplizierter als gedacht.«

Daves Finger krallten sich noch ein wenig fester in die Mähne des Fuchses. Was sollte das heißen: *kompliziert*? Wann fing Curry endlich an, Boggs nach dem Einarmigen zu fragen? Nach dessen Beute? Nach den Spendengeldern? Nach den 332 Dollar aus dem Strumpf aus dem Krug unter dem Bett? Bislang hatten sie doch nur den Karfunkel wieder.

»Sagen Sie mal, Boggs. Haben Sie einen blassen Schimmer, wem der kleine Stein gehört, mit dem Sie Ihren Betrug aufgezogen haben?«

Boggs sah Curry geradezu entgeistert an. Er war jetzt auf der Hut. Er witterte Gefahr. Er wollte nichts Falsches sagen. »Klären Sie mich auf, Mr Reporter«, sagte er schließlich.

Curry nickte, wieder wie für sich. Dave konnte sehen, dass er angestrengt nachdachte. »Sie wollen, dass ich offen mit Ihnen bin, Boggs?«

Boggs zuckte wieder die Achseln, als wäre es ihm egal.

»Gut. Ich will offen mit Ihnen sein, Boggs. Aber vorher will ich, dass Sie etwas wissen. Wenn ich den leisesten Verdacht habe, dass *Sie* nicht offen mit *mir* sind, serviere ich Sie Dan Madden und seiner Meute auf dem Tablett. Sie haben gut zehn Minuten, mich von der Wahrheit dessen, was Sie sagen werden, zu überzeugen. Beim leisesten Zweifel besorge ich den Teer und die Federn, mit denen Mr Madden Sie dann verziert. Haben wir uns verstanden?«

Boggs schluckte laut. Selbst im Zwielicht der mondhellen Nacht konnte Dave seinen Adamsapfel einmal auf und ab wandern sehen.

»Ich deute das als Zustimmung. Ja?«, sagte Curry.

»Ja«, sagte Boggs. Seine Stimme war belegt.

»Dann zur Sache.« Curry rückte sich im Sattel zurecht. »Der kleine schwarze Stein, der Karfunkel, gehört Miss Penny Dreadful. Er wurde ihr vor ein paar Tagen beim Postkutschenüberfall vom einarmigen Banditen geraubt. Der Karfunkel ist Teil seiner Beute, Boggs.«

»Verdammt.« Boggs war plötzlich so weiß wie Papier. Sogar seine Schultern zitterten.

»Verdammt – was?«, fragte Curry.

»Soll … das … heißen …?«, Boggs rang nach Worten, dann sprudelten sie aus ihm heraus. »He! Ich würde nie eine Kutsche überfallen. Ich hab nicht mal ein Schießeisen!«

»Sie haben auch zwei Arme, Mr Boggs«, sagte Curry. »Aber wer sagt mir denn, dass der Einarmige keinen Komplizen hat?«

»Und ich soll der Komplize sein?« Boggs wurde laut. »Was wollen Sie mir denn da anhängen?«

»Ich will Ihnen gar nichts anhängen«, sagte Curry. »Ich will die Wahrheit wissen. Wo haben Sie den Stein her?«

Auf einmal lachte Boggs, und es war ein so irres Lachen, dass Dave einen Moment lang glaubte, Boggs habe den Verstand verloren. »Das glauben Sie mir nie!«, sagte er und lachte noch einmal auf, nicht mehr irre, sondern bitter.

»Ach«, sagte Curry. »Ich habe durchaus einen Sinn für komische Geschichten. Fragen Sie den jungen Mann hier, David Kellen. Er wird's Ihnen bestätigen: Ungewöhnliche Geschichten sind mein Fach.«

Dave nickte, auch wenn er sich nicht ganz sicher war, ob das wirklich von ihm verlangt war.

Boggs sah nicht mal zu ihm hin.

Dafür konnte Dave die Augen nicht von Boggs lassen. Wenn der die Wahrheit sagte, wusste er vom Einarmigen, den Spendengeldern, den 332 Dollar gar nichts. Und doch: Er hatte den Karfunkel bei sich gehabt. Etwas, ein bisschen – vielleicht das entscheidende bisschen – *musste* er einfach wissen.

»Also, Mr Boggs? Raus mit der Geschichte!«

Doch Boggs schwieg. Seine Kiefer mahlten, er biss sich auf die Zähne. Aber er schwieg.

»Ich glaub, ich kann sie schon hören, Boggs«, sagte Curry. »Ich höre Dan Madden wüten und die Messer wetzen. Wenn's hoch kommt, haben Sie noch fünf Minuten. Und wenn Sie Pech haben, wie leider so oft, legt einer von Maddens Leuten schon aus der Ferne die Flinte an: Peng. – In den Rücken. – Schluss mit Tom Boggs. Wär doch schade.«

Boggs gab sich einen Ruck, er reckte das Kinn und sah zu Curry auf, der hoch auf dem großen Braunen saß. »Waren Sie dabei, als der Sheriff mich bei *Dixon's* festgenommen hat?«, fragte er.

Curry schüttelte den Kopf. »Ich persönlich nicht. Aber der Junge hat's gesehen.«

Diesmal ersparte sich Dave, das zu bestätigen.

»Der Sheriff hat mich in eine Zelle gesperrt«, sagte Boggs.

»Und Sie wieder freigelassen, soweit ich weiß«, sagte Curry. »Unter der Bedingung, dass Sie die Stadt verlassen.«

»Genau. Genau so war's«, sagte Boggs.

»Und was hat das alles mit dem Karfunkel zu tun?«, fragte Curry.

»Na ja. Das ist es ja eben.« Offenbar wollte Boggs immer noch nicht so recht raus mit der Sprache.

»Jetzt kommen Sie schon!«, sagte Curry. »Die Uhr tickt.«

Boggs schien das mittlerweile einzusehen. »Finney hat mir die Zelle aufgeschlossen, ja?«, sagte er. »Nachdem alles klar war. Dass ich aus der Stadt muss und so. Wegen des Saufens. Und der Schlägerei. Und allem.«

Curry nickte zur Ermunterung. »Und? Weiter?«

»Na, ich steh da also so im Sheriffbüro. Draußen, vor den Zellen. Vor seinem Schreibtisch.«

»Ja? Und?«

»Und dann klopft's.«

»An der Tür?«, fragte Curry.

»Genau.«

»Und dann?«

Boggs rieb sich jetzt nervös seine Hände. Er ruckte im Sattel hin und her.

»Und dann, Mr Boggs?«

»Ist Finney an die Tür gegangen.«

»Und *wer* war an der Tür?, fragte Curry.

Dave hielt den Atem an. Der Einarmige? Hatte der Einarmige vor der Tür gestanden?

»Weiß ich nicht«, sagte Boggs. »Irgendwer.«

Dave atmete aus.

»Was?« Curry wirkte ziemlich verdattert. »Wollen Sie behaupten, Sie *wissen* gar nicht, wer vor der Tür stand?«

»Ich behaupte, dass es vollkommen egal ist, wer vor der Tür stand«, sagte Boggs. »Ich will doch nur sagen: Finney war einen Moment lang abgelenkt. Er war an der Tür, redete ein paar Worte. Er sah nicht hin.«

»Nicht hin?«

»Er hatte mich nicht im Auge«, erklärte Boggs.

»Ja, und dann ...?«

»... dann dachte ich mir, ich besorg mir 'ne Waffe oder 'n bisschen Geld.« Boggs rieb seine Hände aneinander, als wollte er Feuer mit ihnen machen. »Also hab ich die Schublade aufgezogen. Und schnell reingegriffen. Und ...«

»Ja?«

»Na, in der Schublade war der Karfunkel. Ich hab ihn beim Sheriff mitgehen lassen. Ich hatte keine Ahnung.«

13. Kapitel

Es blieb keine Zeit, sich zu wundern. Nur einen Augenblick lang herrschte schiere Verblüffung. Dave saß steif und still im Sattel des Fuchses und ließ Boggs' Worte wirken: Der Karfunkel hatte in der Schublade des Sheriffs gelegen!

Wieso das?

Was sollte das bedeuten?

Dann hörten sie Dan Madden und seine Meute. Im Schein der Fackeln kamen die Männer heran, rannten jetzt regelrecht, schwangen Fäuste und Flinten und schrien Zeter und Mordio. So musste ein Lynchmob aussehen, der mit einem Strick auszog, um jemanden an einem Baum aufzuhängen. Und vielleicht waren diese Männer auch genau darauf aus.

Boggs zögerte nicht lange. Er hieb seinem Maultier die Fersen in die Flanken. »Auf Nimmerwiedersehen!«, brüllte er und das Maultier machte vor lauter Schreck einen Satz und war an Curry und dem Braunen vorbei.

Seltsamerweise ließ Curry es geschehen. Er beachtete den fliehenden Boggs überhaupt nicht, starrte stattdessen in die Nacht hinaus, und nicht einmal die heranstürmenden Männer schienen ihn groß zu kümmern.

Allein Dave sah Boggs nach, die Dunkelheit schluckte Reiter

und Maultier binnen Sekunden. Insgeheim wünschte Dave den beiden Glück. Tom Boggs war kein Postkutschenräuber. Er hatte nicht mal eine Waffe. Er hatte bloß allzu lange Pech gehabt und sich diesmal selbst ein paar Dollar ergaunert – mit einer Geschichte, wie sie sich eigentlich nur ein Edmund M. Curry ausdenken konnte.

»Junior?«, sagte Curry mit gerunzelter Stirn. »Wir müssen.« Dann wendete er den Braunen, der offenbar auch ganz froh war, den brüllenden Männern zu entkommen.

Dave trieb den kleinen Fuchs an.

Ein paar Augenblicke später waren die fluchenden Glücksritter vom Glint Lake wieder unter sich.

Der kleine Fuchs war bald schweißnass und sie mussten das Tempo drosseln. Sie trabten, in der Dunkelheit ganz darauf konzentriert, nicht den Weg zu verlieren. Curry ritt voraus, oft bloß auf den Stalldrang des Braunen vertrauend. Selten sahen sie mehr als die nächsten paar Meter Wegstrecke vor sich. Die bizarren Felsen, die wenigen verkrüppelten Sträucher tauchten erst spät im Mondlicht auf – sie wirkten wie aus dem Schlaf geschreckt und manchmal wie Räuber am Wegesrand.

Edmund Curry sprach kaum das Nötigste. Es war klar, dass sie zurück nach Silver City ritten; es war klar, dass mit Sheriff Finney etwas faul war. Nur wusste Dave nicht, was. Er versuchte zu tun, was Penny und McLoud getan hatten, nachdem der Probierer in *Dixon's Old Corner* den Karfunkel gezeichnet hatte: Er versuchte die Sache zu durchdenken.

Er wog alle Möglichkeiten ab. Vielleicht hatte der Sheriff den Karfunkel ja bloß gefunden. Vielleicht hatte der Einarmige den

Stein schon in der Nacht des Überfalls weggeworfen, weil er so klug wie Penny war und wusste, dass er ihn loswerden musste. Dagegen sprach allerdings, dass Finney wusste, dass ein solcher Stein geraubt worden war. Hätte er den Karfunkel bloß gefunden, hätte er ihn erkannt. Würde er kein falsches Spiel spielen, hätte er Penny den Stein zurückgegeben.

Möglichkeit Nummer zwei: Finney hatte den Einarmigen gefasst – vielleicht sogar erschossen – und die Beute für sich behalten. Möglichkeit Nummer drei: Der Sheriff selbst war der Komplize; er war es, der den Einarmigen mit Lebensmitteln und Nachrichten versorgte.

»Mr Curry? Sir?«

»Ja, Junior?« Dave sah bloß Currys Rücken, seine im Mondlicht farblose Gestalt.

»Wenn Spendengelder transportiert werden, Sir – erfahren die Sheriffs am Weg dann vorher davon? Wissen sie, was in der Kutsche ist?«

Curry sah sich nicht einmal nach Dave um; er hielt die Augen auf dem Weg, im Sattel leicht zur Seite geneigt. »Gute Frage, Junior«, sagte er wie beiläufig. »Hab ich mich auch schon gefragt. Und ich denke, die Antwort lautet Ja.«

Dave ließ das sacken, und während er darüber nachdachte, fiel ihm etwas ein.

»Mr Curry? Sir?«

»Ja, Junior?« Currys Gestalt wiegte sich im Schritt des Braunen.

»Wissen Sie noch, wie wir zum Sheriff gegangen sind? Am Donnerstag? Um ihm meine Adresse zu geben?«

»Weiß ich noch, Junior.«

»Als wir reingekommen sind ...« Dave sprach jetzt schnell, die Worte drängten heraus. »... hat er in seiner Schublade gewühlt. Als würde er was suchen.«

»Yep«, sagte Curry. »Gut beobachtet, Junior.«

»Hat er da den Karfunkel gesucht?«

Jetzt wandte sich Curry doch einmal um, nur kurz, um gleich darauf den Blick erneut auf den Weg zu heften. »Genau denselben Gedanken hatte ich auch schon, Dave.«

Damit versiegte das Gespräch und Dave kamen Bobs Worte in den Sinn; er hatte tagelang nicht an sie gedacht: *Trau keinem. Schau jedem unter die Haut!*

Sie erreichten Silver City kurz vor Morgengrauen. Zuerst kamen die schäbigen Hütten auf den Hügeln in Sicht – zumindest konnte man sie in der Dunkelheit erahnen, wenn man wusste, dass es sie gab. Licht brannte keines hinter den Wachspapierfenstern. Noch schliefen die Männer, die in den Steinen und Felsen ringsum ihr Glück suchten, erschöpft vom Pech von gestern.

Dann ritten sie an den ersten Häusern vorbei, die genauso schläfrig wirkten wie die Hütten. Sie hatten sich der Stadt von Westen genähert, am Ende nur noch im Schritt, weil die Pferde müde waren. Dumpf und laut klang ihr Hufschlag, als sie in die Pedler Road einbogen.

Der Braune zog jetzt an, er wollte nach Hause. Als sie die Main Street erreichten, drängte er nach Norden, Richtung 6th Street, wo der Mietstall lag und, ein Stück weiter die Main Street hinauf, das Büro des Sheriffs. Doch Curry ließ ihn nicht gewähren. Er kürzte über eine Brache zwischen Main und High Street ab und während sie auf High Street No. 33 zuritten, wurde es Dave das erste Mal richtig mulmig.

Was, wenn Finney schon Verdacht geschöpft hatte? Lauerte er hier irgendwo? Wartete er auf irgendeinem dieser dunklen und stillen Dächer? Der Karfunkel steckte in Edmund Currys Tasche – der Sheriff suchte ihn seit Donnerstag vergeblich. Ahnte er mittlerweile, dass Boggs ihn gestohlen hatte? War Finney das Gerücht zu Ohren gekommen, das der Probierer verbreitete? Wusste Finney, was Penny, Curry, Dave und McLoud wussten? Ahnte er es? Ahnte er die Gefahr? Und wenn: Würde er flüchten, erst den Einarmigen und dann das Weite suchen? Oder würde er sich wehren? Gegen den Verdacht oder gegen die, die ihn hegten?

Dave war darauf gefasst, zu hören, wie sich der Hahn eines Gewehres spannte, er rechnete jeden Augenblick damit, dass jemand zwischen den Häuser hervor auf die dunkle Straße trat und ihnen den Weg versperrte.

Stattdessen saßen sie unbehelligt vor No. 33 ab. Das kleine Haus der *Argent News – Inhaber: H. McLoud* – lag im Dunkeln.

Umso überraschter war Dave, als gleich die Tür aufging, mit dem vertrauten jämmerlichen Knarren. Penny und McLoud mussten im Dunkeln auf sie gewartet haben. Sie liefen beide auf die Straße.

»Curry!«

»Dave!«

»Da seid ihr ja!«

»Habt ihr …?«

»Wir reden drinnen« sagte Curry.

Es war derselbe Geruch wie immer – nach Papier und Druckerschwärze und Staub – und doch war alles anders. Die Luft schien zum Zerreißen gespannt, als Curry in ungewohnt dürren Worten Bericht erstattete. Penny und McLoud, im Dunkeln beinahe unsichtbar, hörten schweigend zu, nur dann und wann entfuhr ihnen so etwas wie ein Seufzer. Im Verlauf von Currys Rede zog Penny Dave zu sich heran, und ihre Hand schloss sich, während Curry so leise sprach, als fürchte er, belauscht zu werden, immer fester um Daves Arm.

»Also Finney« sagte McLoud tonlos, kaum dass Curry zu Ende war, und rupfte sich dann die Melone vom Kopf. »Klare Sache, wenn man's bedenkt«, murmelte er. »Finney wusste von den Spendengeldern. Es gab keinen Maulwurf bei der Postkutschen-Kompanie. Finney war selbst der Maulwurf.«

»So muss es sein«, sagte Curry.

»Und der Einarmige?«

»Das wissen wir vorerst noch nicht. Die Frage ist: Wer von beiden hat die Beute? Das Geld, meine ich.« In diesem Moment fiel es Curry ein. Er griff in seine Tasche, zog den Karfunkel hervor und reichte ihn Penny. »Hier, Miss.«

Dave konnte das alles kaum sehen, er musste es erahnen. Da war er wieder, dieser sonderbare Stein, der mehr wusste als sie alle.

Einen Moment lang schien Penny ihn zu betrachten, dann ließ sie ihn wortlos in ihrer Rocktasche verschwinden. »Erzählen Sie, McLoud!«, sagte sie dann. »Wir haben nämlich auch Neuigkeiten, Mr Curry.«

Hiram McLoud räusperte sich. »Ja«, sagte er. »Und was Sie uns eben erzählt haben, Curry, rückt diese Neuigkeiten zudem in ein ganz anderes Licht.«

»Was für Neuigkeiten?« fragte Curry bloß.

»Sheriff Finney hat sich den Probierer vorgeknöpft«, sagte McLoud leise. »Den, der uns das schöne Bild gemalt hat.«

»Nein!«, entfuhr es Curry. »Finney weiß Bescheid?«

»Zumindest weiß er, dass der Karfunkel im Umlauf ist«, sagte Penny.

»Hat er den Probierer verhaftet?«

»Keine Ahnung«, sagte McLoud. »Glaube nicht. Ich habe Doktor Higbie getroffen. Er hat's mir erzählt: Finney ist heute Abend bei *Dixon's* aufgetaucht und hat sich den Probierer zur Seite genommen. Hat ihn ins Sheriffbüro geschleift. Nach allem, was ich weiß, hat der Probierer daraufhin die Stadt verlassen.«

»Dann hat er ihm gedroht?«

Dave folgte alldem atemlos. Er versuchte zu verstehen. Und wenigstens so viel verstand er: Finney war seit ein paar Stunden gewarnt.

»Entweder hat er ihm gedroht oder er hat ihn bezahlt«, sagte Penny.

»Bitte?« Curry schien diesmal nicht so schnell mitzukommen wie Dave.

»Vielleicht hat er dem Probierer einfach Geld gegeben«, sagte Penny. »Dafür, dass er aus der Stadt verschwindet und den Karfunkel nie mehr erwähnt. Das wäre auch eine Art, das Problem aus der Welt zu schaffen. Wenn der Probierer erst aus dem Weg ist, muss Finney sich nur noch um Boggs kümmern – und zusehen, dass wir keinen Wind von der Sache kriegen. Bedenken Sie, Mr Curry, noch weiß Finney nicht, wie viel wir wissen. In seinen Augen könnte es reichen, wenn er Boggs umlegt, den einzig wirklich gefährlichen Zeugen.«

»Das stimmt, Curry«, sagte McLoud. »Wenn Finney Boggs aus dem Weg schafft, sind nur noch die paar Verrückten übrig, die Boggs betrogen hat. Und die wissen nicht, wo Boggs den Stein herhatte. Abgesehen davon, dass sie sich ohnehin lächerlich gemacht haben und niemand ihnen Glauben schenken wird. Für Finney muss es sich so darstellen: Ein toter Boggs und das Problem ist aus der Welt. Wahrscheinlich hat er dem Probierer nicht mal Geld gegeben. Wahrscheinlich hat er ihm bloß mit Gefängnis gedroht. Wegen Betrug.«

»Dann wird er jetzt vermutlich Boggs suchen«, sagte Curry.

»Genau.« McLoud stülpte sich wieder die Melone über und pfropfte sie fest. »Und während Finney Boggs sucht, reiten wir nach Dayton und informieren dort den Sheriff. Ich kenne den Mann. Er ist absolut vertrauenswürdig. Nicht so ein Falschspieler wie Finney.«

Der Plan schien gefasst. Einen Augenblick lang war es nicht nur dunkel, sondern auch still.

»Halt!«, sagte dann plötzlich Penny Dreadful. »Überlegen Sie, Mr McLoud: Ihr Plan verurteilt Tom Boggs zum Tode. Ist Ihnen das klar?«

Für eine Weile hing dieser Satz im Raum. Penny hatte recht, dachte Dave. Er sah Tom Boggs vor sich, diese zerknitterte und unglückliche Gestalt, den Mann, der immer Pech hatte und dabei nicht einmal ahnte, was für ein Pech es gewesen war, in die Schublade des Sheriffs zu greifen und ausgerechnet den Karfunkel mitgehen zu lassen. Wenn es so käme, wie McLoud wollte, würde Tom Boggs vielleicht sterben müssen. Finney hielt ihn für den einzigen Zeugen.

»Vielleicht kommt Boggs ja auch davon«, sagte McLoud.

Aber Curry lachte bitter auf. »Der nicht, McLoud. Der kommt nicht davon.«

»Haben Sie denn einen besseren Plan, Miss Dreadful?« Offenbar fühlte sich McLoud unbehaglich. Er war alles andere als ein rücksichtsloser Mann. Er wollte Boggs nichts Böses. Bestimmt nicht, dachte Dave. McLoud hatte die Sache einfach nicht zu Ende gedacht. Diesmal nicht.

»Lassen Sie mich nach Dayton reiten«, sagte Penny unvermittelt. »Und Sie und Mr Curry halten Finney auf. Vielleicht ist er schon über alle Berge. Vielleicht wartet er auch einfach ab. Behalten Sie ihn im Auge! Er muss bloß in der Stadt bleiben, hören Sie? Riskieren Sie nichts! Finney ist gefährlich.«

Als sie auf die Straße traten – Penny Dreadful in Hosen und in einer übergroßen Jacke aus den Beständen McLouds –, war der Himmel lichter geworden. Noch war es nicht hell, aber der Morgen war schon zu ahnen; grau kündigte er sich über ihren Köpfen an, über den Gipfeln der fernen Berge schimmerte es rötlich.

Penny nahm den Braunen, der davon alles andere als begeistert war, doch schwang sie sich in den Sattel, als hätte sie früher Viehherden getrieben. Und in diesem Moment hätte Dave gern mehr über Penny Dreadful gewusst. Doch wie seine kleine Schwester Amy, fiel ihm auf, redete Penny so gut wie gar nicht über sich.

»Geben Sie acht auf den Jungen, McLoud«, sagte Penny vom Sattel herab, und dann wandte sie sich Dave zu: »Aber vielleicht machst du das ja auch alleine.«

Und dann schnalzte sie mit der Zunge und der Braune trabte widerstandslos an, und Dave und Curry und McLoud sahen den beiden nach, wie sie im Morgengrauen verschwanden, die High Street hinab und nach Südwesten, Richtung Dayton.

»Tolle Frau, was?«, sagte McLoud, die Hand auf dem Hut, den er allen Ernstes gezogen hatte.

Dave fand das auch.

Edmund Curry sagte nichts.

14. Kapitel

Sie gingen die High Street hinauf, nebeneinander, Schulter an Schulter: Edmund Curry, Hiram McLoud und David Kellen – wie Brüder, so kam es Dave vor, oder wie Bundesmarshalls oder vielleicht auch wie eine Räuberbande. Si Yap, der ihnen mit einem Sack schmutziger Kleider im Arm entgegenkam, trat beinahe ehrfurchtsvoll zur Seite.

Sonst war zu dieser frühen Stunde niemand unterwegs. Die Sonne erklomm langsam die Hügelkuppen im Osten. Wortlos bogen sie in die 3rd Street ein: ein großer, junger Mann; ein älterer Mann mit Melone; und ein Junge, zwölf Jahre alt.

Dave dachte an Penny, stellte sich vor, wie sie gerade in den Sonnenaufgang ritt, nach Dayton. Wenn alles gut ginge, wäre sie in knapp zwei Stunden zurück, in Begleitung eines Sheriffs, der dem Gesetz diente, statt es zu brechen.

Bis dahin durfte Sam Finney die Stadt nicht verlassen. Hoffentlich war er überhaupt noch da. Hoffentlich machte er erst gar keine Anstalten, wegzureiten. Denn was dann geschehen würde, war Dave nicht klar. Hatten Curry und McLoud überhaupt einen Plan?

Wie sie da so neben ihm hergingen, sah keiner von beiden aus, als könnte er es mit Finney aufnehmen. Bestimmt hatte

Curry seinen Allen-Revolver noch. Nicht mal in hundert Jahren, hatte Penny Dreadful gesagt, würde er damit treffen.

Vor dem Büro des Sheriffs stand ein gesatteltes Pferd, ein großer, knochiger Schimmel.

Hiram McLoud fluchte leise.

»Ist das Finneys Pferd?«, fragte Curry.

McLoud, die Hand nervös auf dem Hut, nickte.

»Dann, Mr McLoud, müssen Sie das Pferd fortschaffen«, sagte Curry. Er sah McLoud dabei nicht einmal an; er behielt das Büro des Sheriffs im Blick. Im Osten, über den Hügeln, war die Sonne zum ersten Mal richtig zu sehen, ein riesiger Ball mit einem Kranz aus orangerotem Licht.

»Äh …«, machte McLoud.

»Bringen Sie es zu diesem Mietstall!«, sagte Curry. »Jetzt machen Sie schon, bitte!«

McLoud zögerte. »Und Sie?«

»Ich schreibe nachher, wenn alles vorbei ist, den Artikel.«

»Curry!«, schnaufte McLoud.

»Ich werde bloß mit ihm reden, Mann. Ihn irgendwie aufhalten. Ihn bequatschen, McLoud. Das kann ich ganz gut.« Er sah die ganze Zeit zur Tür des Sheriffbüros hinüber, als fürchte er, sie könnte jeden Moment aufgehen. »Und du gehst mit Mr McLoud, Junior.«

Damit hatte Dave gerechnet. »Tue ich nicht«, sagte er.

»Dave!« Curry klang eher hilflos als zornig.

Hiram McLoud hatte den Schimmel losgebunden und hielt die Zügel in der Hand. Er sah Dave an, besorgt, vielleicht ein bisschen mitleidig und voller Vorwurf.

»Ich bleibe hier«, sagte Dave. Er wusste, die beiden Männer

würden jetzt nicht mit ihm streiten. Zum Streiten war jetzt keine Zeit.

»Verdammter Dickschädel«, sagte Curry. »Na gut«, sagte er dann. »Aber du wartest hier draußen. Dort.« Er zeigte auf die gegenüberliegende Straßenseite. »Und du rührst dich nicht vom Fleck, Junior. Ganz egal, was passiert.«

Dave nickte. Er ließ Curry einfach reden.

»Mr McLoud?«

Hiram McLoud zerrte an dem knochigen Schimmel.

»Sehen Sie zu, dass Sie ein paar Leute zusammentrommeln. Doktor Higbie vielleicht. Mr Hill, den Anwalt. Und dann kommen Sie wieder her. Zusammen mit den Männern.«

»Viel Glück, Curry.« McLoud setzte sich in Bewegung. Einigermaßen teilnahmslos, mit gesenktem Kopf und langem Hals trottete der Schimmel hinter ihm her, und Dave sah den beiden nach, wie sie über die Main Street in Richtung 6th Street verschwanden. Die breite Straße lag jetzt zur Hälfte im Sonnenschein. Genau in ihrer Mitte verlief die Grenze zwischen Licht und Schatten.

Curry warf Dave einen bitterbösen Blick zu. »Auf die andere Seite!«, befahl er. »Jetzt!«

Dave sah in Currys blasses Gesicht, dann fügte er sich, setzte sich in Bewegung und überquerte die Straße. Alles kam ihm plötzlich verlangsamt vor, so als währte jeder Augenblick Stunden. Vor der Pension gegenüber baute er sich auf, als wollte er Curry Feuerschutz geben.

Curry verharrte noch einen Moment vor dem Sheriffbüro, dann trat er auf die schmale Veranda. Auf den Holzbohlen klangen seine Schritte seltsam laut. Curry erreichte die Tür, hob die

Hand, um zu klopfen, hielt dann inne und klopfte schließlich doch.

Dave warf einen Blick hinauf zum ersten Stock des Hauses. Auch da oben rührte sich nichts. Die beiden Fenster waren geschlossen, die Gardinen zugezogen. Als er den Blick wieder auf Curry richten wollte, war Curry verschwunden. Die Tür stand offen.

Dave lief über die Straße. Er nahm die eine Stufe zur Veranda und sein Herz raste. Er stand vor der offenen Tür, fast auf der Schwelle. Er hörte Curry rufen.

»Warum antworten Sie nicht, Finney? Ich höre Sie doch da oben. Hier ist Edmund Curry von der *Argent News*. Warum kommen Sie nicht runter?«

Einen Augenblick lang war es drinnen still.

»Sheriff?« Wieder Curry, ziemlich laut.

Dave stand stocksteif. Er hatte einen Kloß im Hals, sein Mund war vor Aufregung ganz trocken.

»Was soll das, Finney? Spielen Sie Verstecken?« Curry klang jetzt beinahe zornig. Er hatte es sich anders überlegt, Dave konnte es hören. Curry forderte den Sheriff heraus. »Lassen Sie das, Finney! Geben Sie auf und kommen Sie runter! Das Spiel ist aus. Wir wissen Bescheid. Wir haben den Stein. Und wir haben Tom Boggs. Sie kommen hier nicht mehr raus, Finney. Sie sind umstellt.«

Curry war verrückt! Er redete sich um Kopf und Kragen! Er versuchte, den Sheriff einzuschüchtern. Aber war Sam Finney ein Mann, der sich einschüchtern ließ? Dave glaubte nicht.

In seiner Verzweiflung steckte er den Kopf durch die Tür, sah Curry am anderen Ende des Raums stehen, mit dem Rücken an der Wand. Curry rief durch eine offene Tür, hinter der offenbar die Treppe nach oben lag. »Finney!«

In diesem Moment polterte es über Daves Kopf auf dem Vordach. Plötzlich ging alles viel zu schnell: Curry, der das Poltern auch gehört haben musste, stürzte aus dem Büro, an Dave vorbei, und im selben Moment sprang jemand vom Vordach auf die Straße – so wie dieser Jemand einen Augenblick zuvor aus einem der beiden Fenster im ersten Stock auf das Vordach gesprungen war. Nur war dieser Jemand nicht der, der er hätte sein müssen. Nicht Finney stand da plötzlich, den Sprung noch abfedernd, auf der Straße – es war der einarmige Bandit!

Wie im Traum, wenn die schlimmsten Ängste aus dem Nichts Gestalt annehmen, war er von einer Sekunde zur nächsten wieder da: den Sack über dem Kopf, den Strick um den Hals, den verblichenen Overall am Leib und das Gewehr in der einen Hand, die er hatte. Im gleißenden Licht des frühen Morgens sah der einarmige Bandit so gespenstisch aus wie damals in der mondhellen Nacht.

Mit gesenktem Kopf, zu schnell für seine langen Beine, stolperte Curry auf die Straße. Er fing sich mit Mühe, fuhr, kaum hatte er sein Gleichgewicht wieder, herum, und dann standen sie sich gegenüber – so wie in der Nacht des Überfalls. Curry und der einarmige Bandit, und in Currys rechter Hand blitzte der Allen-Revolver.

Dieser eine Moment schien ewig zu währen. Zwei Männer auf der Main Street, vielleicht zwanzig, höchstens dreißig Fuß voneinander entfernt, beide zwischen Licht und Schatten, den Blick starr aufeinander gerichtet und blind für alles sonst: die Sonne; die im Licht erwachenden Hügel; die Häuser ringsum;

den Jungen vor dem Sheriffbüro; die ersten Bewohner von Silver City, die gerade auf die Straße traten und in der Bewegung erstarrten.

Die Zeit blieb stehen wie eine kaputte Uhr.

Curry hob den Arm. Der Revolver zeigte auf den Räuber. »Lassen Sie die Waffe fallen!«, presste Curry hervor. »Es ist vorbei.«

Ein Ruck ging durch den Banditen und dann drückte Curry ab. Der Allen-Revolver ging los, den Bruchteil einer Sekunde lang gab es bloß diesen fremdartigen, himmelschreienden Knall, und danach war es noch leiser als zuvor: Curry und der Bandit standen sich immer noch gegenüber, die Zeit hielt immer noch an, und hundert Jahre lang würde es so bleiben – Edmund Curry verfehlte jedes Ziel.

Das war der Augenblick, in dem sich das Blatt wendete. Mit erstaunlichem Geschick richtete der Einarmige sein Gewehr auf Curry. Der Schuss ging los, pfeifend jagte die Kugel über die Main Street, aber da flog Curry schon – flog auf Dave zu und zerrte ihn ins Sheriffbüro. Durch die offene Tür, am Schreibtisch vorbei, auf das einzige Fenster zu, dessen Flügel mit einem Mal aufschwangen, und dann durch dieses Fenster – »Mach schon! Mach schon!« – und wieder hinaus; Dave stieß sich das Knie am Fensterbrett.

Plötzlich standen sie in einem kargen, staubigen Innenhof und dann rannten sie blindlings los; auf einmal keine Jäger mehr, sondern Gejagte. In ihrem Rücken hallte der nächste Schuss; sie setzten über einen dürren Zaun, landeten auf einer Straße, deren Namen Dave nicht wusste, und bevor er losrannte, sah er noch einmal zurück auf das Fenster, durch das sie getürmt waren: Der Einarmige, das Gewehr unter die Achsel geklemmt, schwang sich gerade auf das Fensterbrett.

Dave spürte seine Beine nicht. Von der Hüfte abwärts rannte er einfach auf wirbelnden fühllosen Stöcken, so kam es ihm vor. Dafür schmerzte seine Wunde wie seit Tagen nicht mehr. Erst waren es unvermittelt heftige Stiche in die Rippen, dann brannte die ganze Seite auf einmal wie Feuer und die Luft blieb ihm weg. Er keuchte, er fiel ein Stück hinter Curry zurück, strauchelte, wäre beinahe gefallen.

»Junior!« Curry hatte ihn an den Schultern gefasst. Sie standen auf der Straße und die Straße war wie ausgestorben. Silver City war plötzlich eine Geisterstadt, bloß noch die Kulisse eines bösen Traums.

»Komm! Weiter!« Curry zog an seinem Arm, was ganz besonders wehtat, und dann liefen sie wieder an den Häusern vorbei, deren Türen und Fenster wie Münder und Augen und Ohren verschlossen waren.

Wo war McLoud?

Doktor Higbie?

Mr Hill?

Wo blieb Penny?

Wo blieb der Sheriff von Dayton?

Dave sah den Einarmigen nicht, aber er war ihnen auf den Fersen, den Sack über dem Kopf, leere Höhlen statt Augen, das Gewehr im Arm.

Dann wusste Dave wieder, wo sie waren. Er erkannte den staubigen Platz und an seinem Ende den dunklen Holzklotz der Kirche. Der Kirchturm, der wie ein Förderturm aussah, warf im frühen Morgenlicht einen wilden, langen Schatten.

Curry stürzte auf die Kirche zu, Dave im Schlepptau.

Wieder ein Schuss, hinter ihnen barst ein Fenster, und dann war Dave im Schatten des Kirchturms, dann wieder im Licht, und die Tür der Kirche flog auf, und er war drinnen im Kirchenschiff, im Halbdunkel – überall der Geruch von trockenem Holz.

Es war erstaunlich finster. Dave, aus dem Licht kommend, sah auf einmal so gut wie nichts. Er stieß gegen eine Kirchenbank, fiel bäuchlings auf den Sitz und rutschte in den Fußraum.

Die Kirchentür stand offen, ein Rechteck aus Licht, und im nächsten Augenblick füllte der Einarmige es aus, schwarz vor der Sonne, mit seinem unförmigen Kopf.

Curry riss den Revolver hoch und feuerte – und das war zu viel für die Schweine. Dave hörte ein panisches Quieken, er hörte ihre gespaltenen Hufe wie Hagel auf die Holzdielen prasseln, und dann sah er sie erst, schemenhaft: die herrenlosen Schweine von Silver City, in wilder Flucht auf die Tür zurasend, von nackter, rücksichtsloser Angst erfüllt.

Wenn der Einarmige sie überhaupt kommen sah, dann spät. Kaum hatte Dave überhaupt begriffen, dass es die Schweine waren, hatten sie die Tür schon erreicht, tauchten für einen kurzen Augenblick im Licht auf und holten den Einarmigen von den Beinen. Sie rannten ihn einfach um, und noch einmal stoppte die Zeit: Der Einarmige fiel und fiel und fiel – und dann erst krachte er zu Boden, vom ersten Schwein gefällt und von allen übrigen überrannt. Sie trampelten einfach über ihn hinweg, Tritt für Tritt für Tritt nach draußen, ins Licht und weg.

Andächtige Stille danach, so sehr, dass man das knochentrockene Holz der Kirche knacken und knistern hören konnte.

Endlich löste sich Curry aus der Erstarrung. Er wand sich aus der Kirchenbank. Die offene Tür war wieder ein Rechteck aus Licht, ohne jeden Schatten.

Dave meinte Stimmen zu hören, aber sicher war er sich nicht.

Er sah, wie Curry sich hinkniete.

Da waren wirklich Stimmen da draußen. Sie kamen näher.

Dave rappelte sich auf. Er quetschte sich aus der Kirchenbank.

Curry kniete über dem reglosen Banditen. Das Gewehr hatte er aufgehoben, er hielt es in der einen Hand, während er sich mit der anderen an dem Strick zu schaffen machte, mit dem der Einarmige den Sack an seinem Hals verschnürt hatte. Der Bandit war bewusstlos; die Schweinebande hatte ihn geschafft.

Ganz still stand Dave hinter Curry, als der Strick sich löste und wie eine leblose Schlange zu Boden fiel.

»Dave!«

Dave sah auf. Da kam Hiram McLoud über den Kirchplatz gestürmt, die Hand auf dem Hut und Doktor Higbie und Si Yap, den Chinesen, im Schlepptau. Dave sah die lange Flinte, die Si Yap trug – vermutlich war sie länger als ihr Besitzer.

Schnaufend kam Hiram McLoud in der Tür zum Stehen – gerade in dem Moment, als Curry dem Einarmigen den Sack vom Kopf zog.

»Finney!« Es war Hiram McLoud, der das rief.

Dave starrte auf den bewusstlosen Banditen: der fehlende Arm, der fadenscheinige Overall und darüber der falsche Kopf – Sam Finneys Kopf mit seinem schon weißen, die Oberlippe überwuchernden Schnurrbart.

Wie konnte das sein?

Der Sheriff hatte zwei Arme! *Zwei!*

»David! David!«

Penny Dreadful schob Hiram McLoud wie einen Stuhl zur Seite, und dann war sie schon bei Dave, kniete sich vor ihn hin, sodass ihr Gesicht ganz nah war, und drückte ihn fest.

»Schauen Sie mal, Miss Dreadful«, sagte Edmund Curry tonlos. »Überraschung!«

Als Dave, über Pennys Schulter hinweg, hinsah, hatte Curry den Overall aufgeknöpft. Darunter war Finneys zweiter Arm verborgen. Es hatte nie einen einarmigen Banditen gegeben! Der Sheriff hatte den Einarmigen bloß gespielt.

Als Dave das begriff, kam er sich vor wie in einer Geschichte von Edmund M. Curry. Unwillkürlich schüttelte er den Kopf. Finneys Trick war so einfach wie dreist gewesen.

»Meine Herren?«

Der atemlose dicke Mann im Türrahmen musste der Sheriff von Dayton sein.

15. Kapitel

Sam Finney, ehemals Sheriff von Silver City, wurde verhaftet, bevor er das Bewusstsein wiedererlangt hatte. Doktor Higbie, Hiram McLoud und der Sheriff von Dayton schafften ihn in sein Büro. Finney kam erst in einer seiner beiden Zellen wieder zu sich, voller blauer Flecke und mit brummendem Schädel, im Übrigen aber unverletzt, wie Hiram McLoud später erzählte.

Die Beute des einarmigen Banditen, der in Wahrheit zwei Arme gehabt hatte, fand sich in der oberen Etage des Sheriffbüros. Die geraubten Spendengelder ebenso wie alles Übrige: 150 Dollar, die Miss Penny Dreadful gehörten; sechs Dollar und vier Cent, die ganze Habe von Edmund Curry; 332 Dollar, die der Sheriff von Dayton an David Kellen übergab.

Verschwunden blieben eine Geldkatze sowie die silberne Fassung des Karfunkels. Es war nicht mehr zu klären, ob Sam Finney oder Tom Boggs diese Fassung entfernt hatten. Finney verweigerte die Aussage. Tom Boggs war flüchtig, und der Sheriff von Dayton sah überhaupt keinen Grund, ihn zur Fahndung auszuschreiben. Finney hingegen sollte nach Carson City überstellt werden, wo ihm vor einem ordentlichen Gericht der Prozess gemacht werden würde.

Hiram McLoud überlegte deshalb, einen Reporter nach Carson City zu schicken, der für die *Argent News* über den Prozess berichten sollte. Der einzige Reporter, den die *Argent News* beschäftigte, lehnte den Auftrag allerdings ab. Edmund Curry kündigte am Montag.

Am selben Tag bekam Dave einen Brief von seinem Bruder Stick.

> *Lieber Dave,*
> *es tut mir leid. Habe sowieso kein Glück gehabt in*
> *Virginia City. Erwarte dich am Dienstag.*
> *Mach dir keine Sorgen wegen dem Geld.*
> *Bald sind wir zu Hause.*
> *Dein Bruder Stick*

Dave hatte sich gefreut, als der Brief kam, und zugleich hatte er sich davor gefürchtet, was drinstehen könnte. Deshalb hatte er Penny gebeten, ihm den Brief vorzulesen, und sie lächelte, als sie damit fertig war. Dave hatte einen dicken Kloß im Hals – nicht allein wegen des Briefs, der Stick von seiner besten Seite zeigte, sondern auch, weil es jetzt unweigerlich Abschied nehmen hieß: von Penny und von Curry, von Hiram McLoud und der *Argent News*.

Die Sonderausgabe vom Montag beschloss er aufzubewahren – zu Hause würde er sie Bob und Amy zeigen. Amy würde Augen machen; vielleicht würde Dave ihr die Zeitung sogar schenken.

Die große Geschichte auf der ersten Seite hatte natürlich Edmund M. Curry geschrieben. SCHWEINEBANDE STELLT EINARMIGEN BANDITEN, lautete Currys Überschrift, aber auch Hiram McLoud hatte einen kleinen Artikel verfasst. Darin ging es um die Wahl eines neuen Sheriffs und die schändlichen Verbrechen des alten, der sein Wissen missbraucht habe, um sich persönlich zu bereichern: zum Schaden der Armee, die die Spendengelder brauchte, zum Schaden der Postkutschengesellschaft und der Reisenden, die sich ihr anvertrauten, zum Schaden Silver Citys schließlich, einer aufstrebenden Stadt, deren anständige Bürger Besseres verdient hätten als einen Betrüger wie Sam Finney.

Curry sagte es nicht laut, aber er fand McLouds Artikel langweilig. »Klingt, als hätten die Ladys mit dem reinen Herzen und guten Gewissen das geschrieben«, hörte Dave ihn murmeln.

Natürlich wusste ganz Silver City schon am Sonntagmorgen über die Ereignisse vom Sonntagmorgen Bescheid, die Sonderausgabe der *Argent News* vom Montag fand dennoch reißenden Absatz. Alle wollten noch einmal nachlesen, was sie schon wussten, und vor allem wollten alle darüber reden. Mit der Zeitung in der Hand saßen sie in *Dixon's Old Corner*, wo Penny an diesem Montag nicht Klavier spielte; mit der Zeitung in der Hand standen die Leute an so ziemlich jeder Straßenecke. Und wenn Dave vorbeikam – mit Penny, die ihm ein paar neue Kleider kaufen und ihn für die Reise ausstatten wollte –, zeigten sie auf ihn. Dave Kellen, Edmund Curry und die herrenlosen Schweine von Silver City waren Helden und außerdem würde man einen neuen Sheriff brauchen. Darüber musste auch geredet werden.

Penny und Dave gingen übrigens auch zu Doktor Higbie, der Daves Verband wechseln sollte. Und zum allerersten Mal, seit Dave ihn kannte, trug Doktor Higbie ein richtiges Hemd und hatte sich nicht bloß das Nachthemd in die Hose gestopft, weil ihn die Ereignisse – ein Postkutschenüberfall, eine Schlägerei, eine Schießerei am frühen Sonntagmorgen – aus dem Bett geholt hatten.

Die Wunde heile gut, sagte Doktor Higbie, allerdings würde Dave eine Narbe bleiben.

Dave saß mit nacktem Oberkörper auf Doktor Higbies Liege und schielte unter seiner Achsel hindurch. Von den Rändern her schloss sich die Wunde bereits und mit etwas Fantasie ließ die künftige Narbe erahnen. Sie war tropfenförmig, fand Dave; ein bisschen sah sie aus, als hätte Pennys Stein, der schwarze Karfunkel, dort seinen Abdruck hinterlassen. Doch als Dave Penny davon erzählte, auf dem Rückweg zur *Argent News*, lachte sie nur.

»Erzähl bloß nicht Mr Curry davon«, sagte sie. »Der macht sonst gleich eine Geschichte daraus, die Gott weiß was bedeuten soll. Es ist nur ein Stück Haut, Dave.«

Dave erzählt Curry trotzdem von der Narbe, und so wie Currys Hand zum Kinn wanderte, während er zuhörte, war Dave sich ziemlich sicher, dass das Interesse Edmund M. Currys, des Schriftstellers und Reporters, geweckt war.

»Miss Dreadful sagt, dass es bloß Zufall ist«, sagte Dave, »dass die Narbe wie der Karfunkel aussieht.«

Curry nickte, noch ganz in Gedanken. »In gewisser Weise hat sie recht«, sagte er schließlich. »Miss Dreadful hält solche Zufälle locker aus. Sie ist eine starke Person, musst du wissen. Sie nimmt das Leben, wie es kommt. Ich persönlich allerdings«, fügte Curry dann hinzu, »halte jeden Zufall für eine Herausforderung. Zufälle müssen gedeutet werden, Junior. Man muss ein bisschen an ihnen feilen. Die Geschichten ein bisschen hindrehen. Dann machen sie plötzlich Sinn. Verstehst du, was ich meine? Dann *bedeuten* sie auf einmal etwas. Wer ein Buch liest zum Beispiel, der will das so. Geschichten müssen etwas bedeuten. Sonst lohnt es nicht, sie zu erzählen.«

»Und was bedeutet meine Narbe?«, fragte Dave, dem das alles viel zu allgemein war.

»Keine Ahnung«, sagte Curry. »Mal sehen.«

»Sie müssen mir versprechen, dass Sie in Virginia City nicht zur *Territorial Enterprise* gehen«, sagte Hiram McLoud am Dienstagmorgen. »Wenn Sie bei einem Konkurrenzblatt anheuern würden, Curry, wäre das für die *Argent News* ein schwerer Schlag.«

Sie standen auf der High Street, vor No. 33, neben den Pferden. Hiram McLoud hatte die Pferde gemietet: denselben großen Braunen und denselben kleinen Fuchs, mit denen sie schon zum Glint Lake geritten waren. In Virginia City würden sie die Pferde wieder abgeben, und irgendjemand, der zufällig nach Silver City wollte, würde später mit ihnen zurückreiten. Vielleicht, dachte Dave, würde dieser Jemand dann in *Dixon's Old Corner* vorbeischauen und Penny Klavier spielen und vielleicht sogar singen hören.

»Werden Sie noch lange in der Stadt bleiben, Miss?«, hatte Dave Penny gefragt, denn am liebsten hätte er fortan immer gewusst, wo Penny Dreadful steckte.

Doch Penny hatte bloß mit den Achseln gezuckt. »Ein paar Wochen vielleicht, David«, hatte sie gesagt. »Und dann mal sehen, wohin der Wind mich weht.«

Vor der *Argent News* nahm Penny Dave in den Arm und flüsterte ihm ins Ohr, er solle auf sich aufpassen und ein Auge auf Stick halten. Dann schüttelte Dave Hiram McLoud die Hand und sagte Danke, und Hiram McLoud zog vor ihm den Hut. Als er ihn wieder aufsetzte und auf seine unnachahmliche Art festpfropfte, saß Dave schon im Sattel.

Curry gab Penny Dreadful die Hand und hielt sie einen Moment länger fest als nötig. »Auf Wiedersehen, Miss«, sagte er und irgendwie klang das bedauernd.

»Leben Sie wohl, Mr Curry«, sagte Penny und zwinkerte Dave ein letztes Mal zu.

Dann trabte der kleine Fuchs an, Curry drohte dem großen Braunen, und auf einmal waren sie unterwegs und schon an Si Yaps Wäscherei vorbei. Dave sah sich noch einmal um: Hiram McLoud schwenkte die Melone, Penny Dreadful winkte.

Curry war sonderbar schweigsam. Sie ritten über die High Street, dann über die 1st Street bis zur Main Street und weiter nach Norden, Richtung Virginia City. Wortlos ließen sie die Stadt hinter sich, ritten einen Hügel hinauf, und als sie oben angekommen waren, zügelten sie noch einmal die Pferde. Sie schauten zurück, unter ihnen lag die Stadt – ein wild zusammengewürfelter Haufen aus Holzhäusern namens Silver City.

»Das war's dann wohl«, sagte Curry und stützte sich auf den Sattelknauf. »Geschichte vorbei.« Der Wind wirbelte seine Haartolle durcheinander und für seine Verhältnisse wirkte Edmund Curry ziemlich ernst.

»Sir?«, fragte Dave.

»Was ist denn, Junior?«

»Wenn Sie mich zu Stick gebracht haben, reiten Sie dann zurück nach Silver City?«

»Nein«, sagte Curry. »Nein, ich denke nicht.«

»Warum nicht?«, fragte Dave. Er nämlich, das war ihm klar geworden, würde an Currys Stelle zurückreiten. Zurück zu Penny Dreadful.

»Na ja …« Curry seufzte, wenn auch nicht allzu tief. »Eigentlich kann ich es dir ja ruhig erzählen.«

»Was denn?«, fragte Dave.

»Ich habe Miss Dreadful gefragt, ob sie mich heiratet«, sagte Curry.

Dave war plötzlich ganz aufgeregt. Der Gedanke, dass Penny und Curry zusammenblieben, war ein schöner Gedanke. »Und?«, fragte er schnell.

»Sie hat Nein gesagt«, sagte Curry und irgendwie brachte er dabei sogar ein Grinsen zustande. »Miss Dreadful, Junior, hält nicht halb so viel von mir wie ich selbst.«

Dave musste einmal schlucken. Er wusste nicht, was er jetzt sagen sollte, und murmelte schließlich: »Tut mir leid.«

Aber Curry zog bloß eine Augenbraue hoch. »Vermutlich hat sie recht«, brummte er und dann wandte er sich im Sattel um und kehrte Silver City den Rücken zu. »Komm, Junior. Lass uns reiten.«

Sie trieben die Pferde wieder an. Sie ritten Schritt, sie hatten es nicht eilig.

»Werden Sie denn in Virgina City bleiben?«, fragte Dave nach einer Weile.

Curry zuckte die Achseln. »Du willst wissen, ob ich bei der *Territorial Enterprise* anheuere, ja?«

Eigentlich wollte Dave bloß wissen, wohin der Wind, von dem Penny gesprochen hatte, Curry wehte. Für später, wenn er an ihn denken würde.

»Nein, Junior«, sagte Curry. »Nein, mit der Zeitung ist jetzt Schluss. Die paar Tage bei McLoud waren nett, ehrlich. Aber eigentlich, finde ich, sollte ich Bücher schreiben. Was meinst du?«

Dave hatte dazu keine Meinung. Er sah auf den staubigen Weg, der sich vor ihnen durch die Landschaft schlängelte; er sah auf die Hügel ringsum mit ihren Pockennarben aus Büschelgras. Es war ihm nicht wichtig, was Curry arbeitete. Es war ihm auch nicht wichtig, was er schrieb.

»Ich wollte ohnehin mit dir darüber reden«, sagte Curry.

»Worüber?«, fragte Dave.

»Na ja, ich hatte eine Idee«, sagte Curry. »Für ein Buch. Was hältst du davon, wenn ich unsere Geschichte aufschreibe? Deine und meine und Pennys und die vom einarmigen Banditen?«

»Unsere Geschichte?« Dave war ehrlich überrascht. Dann kamen ihm Zweifel. »Sie wollen die *Wahrheit* schreiben? Alles genau so aufschreiben, wie es gewesen ist?«

Curry lachte leise. »Mal sehen«, sagte er. »Vielleicht erfinde ich auch ein bisschen was dazu. Es soll ein Roman werden, Dave. Eine Abenteuergeschichte.«

»Und ich komme darin vor?« Dave wusste immer noch nicht recht, was er von Currys Plan halten sollte.

»Klar«, sagte Curry. »Ich hab sogar schon einen Titel. Ist mir gestern Abend eingefallen. Was hältst du von *Falsches Spiel in Silver City*?«

Wieland Freund

Die unwahrscheinliche Reise des Jonas Nichts

Roman

Gebunden, 520 Seiten (79925)

Gulliver, 520 Seiten (74112)

»Egal wer dich fragt! Du bist nicht zwölf. Du bist 13!«
... liest Jonas Nichts auf einem Zettel, den ihm der stumme Diener Ruben zusteckt. »Ich beschütze dich.« Und das wäre gut, denn seit Jonas Nichts das sonderbare Herrenhaus Wunderlich geerbt hat, trachtet ihm jemand nach dem Leben. Vor einem Anschlag flüchten er und Ruben in das frühere Spielzimmer der verstorbenen Baronin Clara – und finden sich unversehens in Kanaria wieder, einem von seltsamen Gestalten und Fabelwesen bevölkerten Land. Laut einer Prophezeiung wird ein Zwölfjähriger die herzlose Kaiserin stürzen. Jonas Nichts ist in großer Gefahr ...

»Die fantastische Geschichte von Jonas Nichts, Ole Mond und Ruben ist raffiniert und fesselnd bis zur letzten Seite.« *bücher*

»Wieland Freunds Buch ist eine Hymne an die eigene Vorstellungskraft.« *Buchjournal*

»Wieland Freund erzählt die Geschichte seines Helden mit einer Fabulierlust, die den Leser ein ums andere Mal überrumpelt, und einer Eleganz, die bis zur letzten Seite blendet.«
Frankfurter Allgemeine Zeitung

Wieland Freund
Der schwarze Karfunkel
Roman
Tulpenfieber
Gebunden, 160 Seiten (79957)

Wie gebannt starrt der zwölfjährige Luuk auf den Degen des Musketiers d'Ennery. Wie kann es sein, dass der schwarze Stein im Knauf die gleiche Form hat wie die Narbe auf seinem Unterarm? D'Ennery will davon nichts wissen, verzweifelt sucht er die *Semper Idem*, die edle dreifarbige Tulpe, nach der halb Amsterdam verrückt ist. Luuk will ihm helfen, und so kämpfen sie Seite an Seite, doch ohne Erfolg. Einzig der schrullige Tulpenzüchter Flusius scheint etwas zu wissen, doch das ahnen nicht nur Luuk und d'Ennery …

Der Auftakt zu atemberaubend spannenden Geschichten um den schwarzen Karfunkel, einen geheimnisvollen Edelstein.

»Historischer Abenteuerroman mit Schwung, Witz, ungewöhnliche, Hintergrund und packend geschilderten Kampfszenen, den nicht nur Jungs atemlos verschlingen werden.« *Stiftung Lesen*

Wieland Freund
Der schwarze Karfunkel
Roman
Der Geist von Zweiseelen
Gebunden, 160 Seiten (79969)

»Schließlich kroch der Dämon in den Salon. Grausig zischend strich er an den Regalen entlang. Doch das Grausigste war, dass Anders wusste, was er suchte.«

Seit der Graf von Zweiseelen den schwarzen Karfunkel mitgebracht hat, plagen den Jungen Anders furchtbare Albträume. Denn mit dem Edelstein kam auch das Unglück nach Zweiseelen: Unheimliche Lichter irren umher, geheimnisvolle Bücher tauchen aus dem Nichts auf. Hat Pater Bram etwas damit zu tun? Warum taucht gerade jetzt die furchtlose Thekla auf? Anders weiß, dass er dem Geheimnis des Karfunkels nachspüren muss …

»Einer der literarisch raffiniertesten Kinderbuchautoren Deutschlands.«
Focus Online

»Freund erzählt temporeich, spannend, realistisch und mit hintergründigem Humor. Eine mitreißende Lektüre.« *WAZ*

Sergej Lukianenko
Trix Solier, Zauberlehrling voller Fehl und Adel
Roman
Aus dem Russischen von Christiane Pöhlmann
Gebunden, 484 Seiten (81074)

Trix, Erbe des Herzogtums Solier, wird Opfer eines gemeinen Putschs. Trix schwört Rache. Bloß wie? Die wilde Welt jenseits der Schlossmauern ist nichts für zarte Jünglinge. Grässliche Untote, verwirrte Feen und minderbemittelte Minotauren machen Trix das Leben schwer. Aber dann entdeckt er ein ungeahntes Talent: Ist er vielleicht zum Magier berufen? Mit neuem Mut versucht sich Trix als Retter der schönen Fürstin Tiana, die zwangsverheiratet werden soll. Dafür verspricht Tiana, ihm zu helfen, den Thron zurückzuerobern. Die beiden schmieden einen tollkühnen Plan …

»Eine turbulente Komödie, deren Gagfeuerwerk bis zum Ende nicht ausgeht. Wer Lust auf lebendige, unterhaltsame und sehr amüsante Fantasyliteratur hat, dem sei dieser Roman sehr empfohlen.«
fictionfantasy.de

»Sie kennen Sergej Lukianenko nicht? Dann sollten Sie ihn kennenlernen!« *New York Times*

Kenneth Oppel
Sternenjäger
Roman
Aus dem Amerikanischen von
Gerold Anrich und Martina Instinsky-Anrich
Gebunden, 512 Seiten (81068)

Der junge Luftschiffer Matt Cruse bekommt die Chance seines Lebens: Er darf zu den Sternen fliegen, die erste Mission ins All begleiten! Mit an Bord der *Starclimber* ist seine große Liebe Kate, allerdings mit dem Verlobungsring eines anderen. Matts Nerven liegen blank. Endlich hebt die *Starclimber* ab – und die Crew macht eine unglaubliche Entdeckung: Das All lebt! Plötzlich versperren bizarre Wesen den Weg, verhindern die Rückkehr zur Erde. Im Angesicht der Katastrophe kommen sich Matt und Kate näher. Und dann hat Kate eine geniale Idee …

»Ein fantastisches und fesselndes Abenteuer zwischen Himmel und Erde.« *HITS für KIDS*

»Man sollte es einfach gelesen haben, denn Oppel ist ein echtes Leseerlebnis.« *Lizzynet*

www.beltz.de
Beltz & Gelberg, Postfach 10 01 54, 69441 Weinheim